# CRÓNICA DE UN MUJERIEGO EMPEDERNIDO

# CRÓNICA DE UN MUJERIEGO EMPEDERNIDO

GREGORIO UGAZ

Número de Control de la Biblioteca del Congreso de EE. UU.:     2020910309
ISBN:          Tapa Dura                    978-1-5065-3272-1
               Tapa Blanda                  978-1-5065-3273-8
               Libro Electrónico            978-1-5065-3271-4

Información de la imprenta disponible en la última página.

Fecha de revisión: 03/06/2020

**Para realizar pedidos de este libro, contacte con:**
Palibrio
1663 Liberty Drive, Suite 200
Bloomington, IN 47403
Gratis desde EE. UU. al 877.407.5847
Gratis desde México al 01.800.288.2243
Gratis desde España al 900.866.949
Desde otro país al +1.812.671.9757
Fax: 01.812.355.1576
ventas@palibrio.com
814146

# ÍNDICE

# DEDICADO A:

Lizeth por su apoyo incondicional, su paciencia diaria y por ser mi soporte emocional. Eres quien me motivaba a escribir sabiendo las locuras que se me ocurren y especialmente por aguantar mis virtudes y defectos. Gracias por tu amor.

Tia Narda quien ha esperado tanto tiempo para leer mi segunda novela y fue la primera en hacerme la broma que esta historia es mi autobiografía.

Dianita mi princesita que es la hincha número 1 de la crónica y sigue enamorada del personaje principal. Gracias eternamente por tu apoyo y consejos.

# GRACIAS A:

Jorge Barreto por permitirme usar su imagen para ser mi modelo por segunda vez. Gracias por tu amistad verdadera y por las risotadas desde nuestra adolescencia.

Israel por las revisiones y correcciones y por ser guia espiritual en la familia.

Y a ti que te atreviste a leerme........

# DURA Y DIRECTA

Al abrir las puertas de vidrio, sonaban esas campanitas que adornan la experiencia auditiva inspirando imágenes placenteras de la época anual, capaces de esbozar sonrisas y positivismo hacia tu persona y los alrededores. La experiencia se aumentaba con las melodías Navideñas que otorgan esa alegría sin medida que te hacen recordar esta temporada llena de amor y paz. Aquel restaurante McDonald's no escatimaba esfuerzos en su intento de atracción para tu consumo personal de sus productos y usaba la temporada de Navidad en su plenitud para motivar una orden beneficiosa sea cual sea y mantener el espíritu alegre y fascinante para los amantes de la comida rápida.

Francisco Copello aspiró los olores entrelazados de fritura, cafeína, efervescencia gaseosa, un pino decorativo y hasta los perfumes de un par de señoras sentadas en un rincón cerca de su persona. El día pintaba de color rosa cada paso que daba. Había despertado de buen humor y un hambre descomunal con disposición de comerse hasta cinco hamburguesas si era posible, pero estaba advertido de no ser tan tragón, pues su cuerpo había tomado una forma saludable en comparación al pasado y no deseaba estropearla. Los planes para el futuro eran muy prometedores; y se repetía a sí mismo en silencio varias veces que controlara sus impulsos y sólo tragara lo necesario. Sus treinta y tres años así lo motivaban.

Su novia Mónica lo había despertado hacía una hora y media citándolo en aquel McDonald's a las 2pm. Le pareció algo extraño que fuese ahí la cita, pues por lo general se encontraban en otra clase de sitios pero también pensó que ya hacía bastante tiempo que no disfrutaba un Big Mac o un Quarter pounder, inclusive un milkshake. Era viernes de comida grasosa y el cuerpo lo sabía, su cerebro meditaba. Se duchó y se cambió rápidamente para encontrarse con su amada.

Mónica analizó que el restaurante estaba localizado con acceso fácil para ambos y ahí lo esperaría. Francisco montó en su carro y manejó los escasos minutos hacia la cita. La voz de Mónica había sonado muy animada por el teléfono y ésto le alegró. Escuchar esa vocecita con timbre alto por la emoción era significado que la vida no era tan melodramática como esas canciones pragmáticas y quejumbrosas que sólo profesaban lo negativo del amor y la distancia entre dos personas. Francisco mantenía una fiel promesa hecha unos meses atrás, de no escuchar aquellas letras tristes de cualquier género de música que ensombrecieran su pronóstico positivo. Era un hombre hecho y derecho para el éxito. "Soy un hombre capaz e influyente en mis decisiones y acciones para mi felicidad"—se decía a sí mismo. Dio unos cuantos pasos dentro del sitio cuando diviso a la distancia una hermosa Mónica ya sentada en una mesa. Ella lo vio también y alzo la mano. Francisco acelero el paso para sentarse al costado de ella.

Mónica estaba vestida con esa blusa marrón y blue jeans apretaditos que revoloteaban las hormonas de Francisco cada vez que la veía con ese atuendo. Nunca se lo había dicho y se lo mantenía en secreto esperando el momento perfecto para decirle con voz romántica y cómplice lo mucho que lo calentaba esa blusita y ese pantaloncito que delineaba su trasero de manera formidable. Y para remate, Mónica estaba usando esas gafas que transformaban su sexy rostro en una misteriosa bibliotecaria de aquellas fantasías sexuales que muchos hombres hemos tenido el desparpajo de alucinar miles de veces en silencio con consecuencias ya sabidas perfectamente. Francisco no era la excepción ni ajeno al derroche de sensualidad que su prometida emanaba. Aparte de su inteligencia, obviamente; la preciosura innata de Mónica lo había flechado instantáneamente cuando se conocieron ya unos tres años atrás. Había disfrutado de ese cuerpo miles de veces con tanto amor y pasión de tal forma que no existía otra mujer en su mente. No había otra mujer capaz de ocupar el puesto de Mónica en su corazón y en sus deseos. Era algo repetido en sus pensamientos. En la lista de amantes o enamoradas del historial de Francisco, Mónica era definitivamente la más esplendorosa y la indicada para traer los frutos a este mundo jovial y perfecto. Le tomó solo tres meses salir con ella para que Francisco supiera que había encontrado a la pareja ideal. Sus familiares y amistades le aconsejaban buen comportamiento y madurez en todas sus facetas pues mujeres como ella no se encontraban en cada rincón. Se debe tener ese imán de la suerte, para atraer esa persona que sea tu guía y compañía de la vida, imán que Francisco sin saberlo, poseía y su vida tomó el curso ya trazado por las escrituras.

Al cumplir un año y medio de enamorados, Francisco consiguió un anillo de compromiso y estratégicamente esperó el momento preciso para proponerle aquella pregunta que zamaqueó a Mónica en un primer instante, pero que finalmente ella respondió de manera positiva. Los familiares de Francisco saltaron de la emoción al ver que al fin el muchacho daba pasos progresivos. Prácticamente compró el billete ganador de la lotería, comentaban entre sí y la verdad es que hacían buena pareja los dos. Era sólo tiempo de ahorrar para la ceremonia y los asuntos que vienen después de ella: cómo comprar o rentar la casa de la convivencia, unir las cuentas bancarias, organizar el sistema de pago, implantar las reglas domésticas, decidir cuantos hijos y mascotas se podría tener y lo demás. Francisco y Mónica habían comentado ya en numerosas ocasiones estos detalles y las planificaciones eran constantes.

Entonces Mónica llamó a Francisco para citarlo en aquel McDonald's y entablar una conversación común entre los dos. Ella llegó tan sólo unos pocos minutos antes y se sentó a esperarlo. Lo vio cuando entró y le hizo el ademán de reconocimiento para que él caminara hacia ella.

Francisco sonrió al ver a su adoración femenina y aligeró su paso.

—¡Amorcito mío, qué hermosa estás!—comento un entusiasmado Francisco mientras se acercaba a darle un beso en los labios.

—Tenemos que conversar, Francisco. ¡Siéntate!—respondió una tajante Mónica manteniendo una expresión facial seria.

Francisco se sentó al lado de ella algo pasmado. Ella sólo le llamaba Francisco cuando estaba enojada por alguna acción errónea de su parte y se puso a pensar a mil por segundo. No recordaba en ningún momento haber hecho algo negativo en contra la relación en los últimos días. Mónica lo observó por segundos largos, respiró fuertemente y cerró sus parpados. Francisco la conocía perfectamente y sabía que ese gesto suyo era para encontrar las palabras para decir. Era muy obvio intuir la búsqueda de expresiones comunicativas.

—¿Qué sucede, mi Monchy?—pregunto Francisco con una voz sigilosa—¿Pasó algo en el trabajo o con tu mami? ¿Qué deseas conversar?

—Ya no puedo más. Estoy hasta las coronillas. Me duele la cabeza, la espalda, la cintura y hasta los pies. ¡That's it! Tenemos que terminar—comento Mónica mientras se masajeaba la sien pasivamente.

—¿Cómo?—preguntó un estupefacto Francisco—No te entiendo.

—Simplemente ya no deseo ser tu novia, Francisco. Me cansé de todo. Me siento estancada y tras haber meditado por días, llegué a la conclusión que la razón de mi estancamiento eres tú.

—¿Yo?

—Tengo planes en mi vida y metas que no he alcanzado. Tengo sueños por cumplir, lugares que visitar y una firme observación que mientras siga contigo, nada de esto se va a dar. Admito que el tiempo no ha sido fiel consejero en un comienzo pero ahora lo veo todo tan claro como un manantial. Hay como una fuerza que me detiene y varias razones que me han hecho ver lo claro que esta todo. Y es así de fácil, simplemente me tengo que alejar de tí lo más lejos posible y empezando desde hoy. No tengo más vueltas que darle al asunto. Como te dije, llevo días y días pensando en esta decisión y ya me decidí.

—¿Días?

—Exacto. Debo admitir que tampoco es tan fácil como digo. Es obvio que hay vivencias contigo que te las agradezco y estos años contigo hemos tenido demasiados momentos espectaculares, pero ya cuando una se siente que ha madurado y sobrepasado a la persona que la acompaña, pues ya es motivación para salir adelante. Ésto es lo que siento y pienso.

Francisco sintió aquella bofetada que fueron estas palabras dichas por su amada. Su boca se mantuvo abierta al escuchar esta avalancha de afirmaciones. Parecía una broma de mal gusto. ¿Cómo iba a ser posible que la Moniquita de su amor estuviera estancada por su culpa si una semana atrás habían hecho el amor como dos actores de telenovela?

—¿Me estas cojudeando? Dime que ésto es una bromita tuya para ver si reacciono. ¿Cómo se supone debo reaccionar?—dijo un serio Francisco.

—¡Ninguna bromita mía, oye huevón!—vociferó Mónica. ¿Cómo se te ocurre que estaría bromeando sobre algo así? Sabes que cuando soy seria lo soy. En estos momentos estoy intentando encontrar las mejores palabras para expresar mi decisión sin herirte demasiado. No seas bobo.

—¿Sin herirme demasiado? ¿Qué se supone que esta decisión tuya hará en mí?—pregunto Francisco mientras se paraba ya respirando algo fuerte.

—¡Siéntate, Frankie! ¡Siéntate, por favor!—ordenó Mónica.

Al escuchar el sobrenombre como ella lo llamaba de cariño, fue suficiente para que Francisco se volviera a sentar y recuperara un poco su compostura. Los dos se quedaron viéndose fijamente por varios segundos.

—Esta decisión no fue tomada a la ligera. Me puse a escribir razones para quedarme contigo y las razones para no hacerlo. Y quedé como estúpida al ver que tengo más razones para terminarte que quedarme contigo. Me dañó el parche totalmente, créeme—comentó una decidida Mónica.

—Sigo sin entender, amorcito mío—respondió un atónito Francisco—Hace una semana atrás estuvimos en Key West todo de la Puta Madre y me dijiste para ir este fin de semana a Tampa. Yo estaba buscando hoteles para reservar. Estamos comprometidos para casarnos el próximo año. Todos los planes que hicimos para comprar casa se van la mierda, entonces. ¿Qué hay con éso? Dime que putas hago o pienso porque de verdad no entiendo ni un carajo. ¿De qué lista me hablas? ¿Se puede saber qué razones tienes?

Mónica metió la mano a su cartera y sacó un cuaderno. Lo abrió en una página en la cual tenía varios apuntes. Bien grande en mayúscula había escrito: PROS y CONS. Debajo estaban escritas varias letras y efectivamente, la lista de CONS era algo larga sobrepasando la de PROS. Francisco vio esa lista y quiso leer de cerca, pero Mónica no lo dejó y se alejó unos centímetros.

—Ésto es algo privado y como tú sabes muy bien pero muy bien que me gusta ser dura y directa, te voy a conversar sobre ésto—dijo tajantemente Mónica.

—¡Soy todo oídos!—respondió con tonito sarcástico el buen Francisco.

—No puedo negar que tienes virtudes que te hacen un buen hombre. Seria súper injusto de mi parte no mencionar éso—empezó Mónica mientras leía sus notas—Me enamoraste con tu gentileza, caballerosidad, detalles, humor y sobre todo ternura hacia mi persona y con los niños y perritos. Éso le hace suspirar a cualquier mujer. Eres trabajador y responsable con tus cuentas. Cuando te toca cocinar se nota que tienes buena mano y sazón como dicen ustedes Los Peruanos, en los platos que por lo menos has tenido la osadía preparar. Besas muy rico y en la cama sabes hacer tu chamba. Te mantienes en forma haciendo tus ejercicios y jugando fútbol. No te has hecho panzón como la mayoría de tus amigos. No jodes mucho con el control remoto dejándome ver mis novelas y películas románticas cuando se me antojan. No te pones ridículo cuando estamos en una reunión y me sacan a bailar o cuando salgo con mis amigas.

Éso es tremendo punto para cualquier mujer y te aconsejo no lo pierdas. Cuando te pido algo y puedes económicamente me lo compras sin chistar. Éso es algo que me gusta mucho de tu persona, pues demuestra que eres un caballero y detallista, por lo menos cuando puedes. Eres educado con las personas mayores, menores, mujeres y tus compañeros de trabajo. Éso demuestra tienes una buena educación desde casa que me consta, pues conociendo a tus padres, es obvio que ahí sobresale la buena base que tuviste desde joven. Eso es buenísimo. No pierdas eso.

Mónica alzó la mirada para ver a Francisco que la observaba detenidamente. Prácticamente no hacía ningún movimiento. Su curiosidad estaba altamente energizada. Mónica subía y bajaba la mirada entre los ojos de Francisco y su punzante cuaderno que brillaba con la interrogante de lo siguiente.

—Éso no estuvo malo-comentó un pacificado Francisco… ¿No son esas razones suficientes para que una mujer decida quedarse con un hombre por el resto de su vida? Hasta donde yo sé, yo veo mujeres por todos los rincones del mundo quejándose de que todos los hombres son una basura. ¿En qué momento he fallado? Dime.

—No es que me hayas fallado. Simplemente no lograré todas mis metas contigo. Ya te dije. Me siento estancada— comento una cabizbaja Mónica.

—Sigo sin entender. A ver: dime esos contras que tienes escrito. Me acabas de florear de la Puta Madre—dijo Francisco ya algo exasperado.

Mónica lo observó unos segundos como buscando las palabras necesarias para expresarse. Varias veces en su vida había terminado relaciones que no le funcionaban por alguna razón u otra. Recordando esas experiencias, parecían chiquilladas comparadas con esta vez. Francisco no era un mal hombre. Los planes del futuro tenían matiz clara. Las mujeres de la actualidad se quejaban que los hombres no tenían esa noción o entusiasmo al matrimonio como los de antaño. Ese no era el tema con Francisco, pues el sí estaba con todas las ilusiones de mantener una vida juntos. Se lo había demostrado centenares de veces mediante palabras y acciones. Francisco estaba enamorado profundamente al punto de bailar en la palma de su mano. Aún con tremenda decisión, Mónica entendía la calidad de hombre que estaba a punto de abandonar, pero su tranquilidad mental no tenía precio y todo estaba destinado, gracias a un resultado de examen.

—No es agradable mi lista de contras, te advierto— respondió Mónica.

—No me importa. Deseo saber—replicó un atento Francisco.

—Eres desordenado con tu ropa pues la tienes tirada por todos lados. Tus cosas en el cuarto ni qué hablar. Nunca limpias tu carro como debes y ese olor a podrido por esas medias sudadas no se disipa jamás. Encima no llenas el tanque como se debe y por éso el carro ya te da fallas técnicas. Cada vez que te bañas, dejas el baño mojado y ni se te ocurre pasar un trapo o papel toalla para secar tus charcos. Cuando te comento estas cosas, tú sólo te limitas a reírte o prometer que cambiarás y no lo has hecho. Tampoco te digo que seas un maniático del aseo, pero ese desorden con el que vives lo conllevas a tu desorden mental, pues tampoco eres ordenado con tus finanzas cuando te excedes comprando tonterías innecesarias. Tus pies huelen mucho. Usas medias usadas o mal lavadas y te afecta las uñas. Te lo he dicho miles de veces y hasta talco te he comprado y te olvidas de echártelo. No te talqueas ni de broma. Debes secarte bien los pies. Y lo sabes. No eres ningún niño. Eres indeciso al punto de frustrarme y hemos discutido por éso. Peor cuando te distraes por vainas en el celular donde pasas horas de horas viendo vídeos o chateando con tus amigos y no haces los deberes hacia tu persona o para la casa. Siento que discuto con una pared. Te tiras pedos a cada rato. Tu flatulencia me incomoda. Ya se te hizo costumbre tirarte pedos hasta cuando estamos haciendo el amor. Sabes que me asquea éso y tú ni madre. Me emputa eso de tí.

—Amor, tirarme pedos es algo que puedo controlar y si mi aseo es algo por mejorar, lo puedo hacer. Tampoco soy un bebé que no entiende.

—¿Pero cuándo? Todo esto lo hemos conversado ya por mucho tiempo. No lo veía hasta que nos mudamos juntos. Yo sé que los hombres por lo general son desordenados o cochinos, lo sé, pero también hay quienes hacen el mínimo esfuerzo de madurar. Mi hermano era peor que tú y ahora tampoco es exactamente un metrosexual, pero ya no es un cerdo como antes. Te recomiendo cambies aunque sea un poco porque fastidia demasiado.

—¿Es en serio todo esto, Monchy? Puta Madre, discúlpame si soy un troglodita como dices, pero no es nada que pueda yo ser incapaz de cambiar. No te saco la vuelta, no me voy a chupar todos los weekends con mis patas, todo lo que gano es para los dos—dijo ya en tono de penitencia Francisco—Amor, ésto lo puedo resolver. ¡Por favor! Lo de mis pedos entiendo es algo inmaduro porque me cago de risa cada vez que mi culo se expresa. Tampoco soy el único tipo que se tira pedos a cada rato. ¡No jodas pues! Te pido perdón por tirarme pedos cuando hemos estado juntos. Te prometo que me controlo. Toda esa lista la puedo cambiar. Dame una oportunidad, Monchy. No soy malo por ser desordenado.

—No eres un mal hombre, Frankie—respondió Mónica—Para nada. Pero ya tomé mi decisión y así me duela, me voy.

—¿Pero por qué? ¿De veras? ¿Sólo por ésto?—Francisco le agarró las manos a Mónica para no soltarla—No me dejes. Te lo pido. Tú eres el amor de mi vida. Por tí he cambiado muchas cosas. Tú sabes muy bien que eres mi motor y motivo. Todo lo que trabajo es para nuestro presente y futuro. Tengo fe en tí que serás la mejor esposa y madre de mis hijos que pueda encontrar en el mundo. En todo el fucking mundo.

—¡Ya para, Francisco!—dijo Mónica subiendo su tono de voz—No me gustan estas escenas de súplicas. Yo sé muy bien que todas estas cosas las puedes mejorar. Sé que eres capaz, pero tampoco deseo herirte. Y te pido dejémoslo así.

—¿Herirme? ¿Cómo? Ya lo estás haciendo. Y tú misma lo dices. Todo ésto se puede resolver. Creo te lo puedo demostrar y lo sabes.

—No puedo tener hijos contigo, Francisco—vociferó Mónica.

Francisco se quedó atónito ante esta reacción de su amada. Sabía perfectamente a lo que se refería. No lo esperaba pues aquel día habían hablado de ese tema furtivamente y él estaba dispuesto a buscar alternativas. Erróneamente pensó que todo estaba resuelto. Había sido una cachetada moral a su persona, pero en esta época actual existen resoluciones. La expresión boquiabierta de Francisco era la señal para que Mónica terminara con esta conversación que se estaba alargando para su gusto.

—Lo que te digo, Francisco—añadió Mónica—Contigo no voy a poder realizar mi sueño de toda la vida. Sabes cuánto deseo ser madre. Pensé que contigo lo cumpliría y con esa noticia que me diste hace un mes, ya no puedo. Todos estos contras escritos se pueden aguantar, pero no tener familia natural contigo es algo que me estanca totalmente. Y lo sabes.

—Pero si hablamos de adopción o quizás inseminación artificial—respondió Francisco—Hablamos de esas opciones.

—Lo hicimos, pero no es lo que deseo. Y te lo dije ese día. Deseo a lo natural con mi marido. Inseminación artificial no funciona contigo porque tu esperma no contiene la fecundidad necesaria. Disparas balas en blanco. Ahora entiendo porque nunca me embaracé contigo y créeme lo deseaba muchísimo. Y no entendía nada hasta que te hiciste la prueba. Fui a hablar con Daniel después de tí y me aseguró que desafortunadamente contigo no hay solución.

—No tengo idea como pedirte perdón por éso—dijo Francisco con lágrimas en los ojos—Nunca esperé una noticia así. Yo deseo ser Padre y contigo. Perdóname por ésto. Ahora entiendo tu cambio repentino después del examen. Perdóname. ¿Qué puedo hacer para que no me dejes?

—No hagas ésto más difícil de lo que ya es. A mí también me duele dejar atrás estos años juntos. No me quejo. Fuiste fenomenal, pero con ésto no puedo. Lo he pensado hasta el cansancio. No puedo.

Francisco se arrodilló ante Mónica y se puso a llorar enterrando su cabeza en las piernas de ella. No le importó la mirada desconcertada de los clientes que disfrutaban de su comida.

—Te lo pido, amor de mi vida. Te lo pido. No me dejes. Busco opciones. Me hago otra prueba. Hacemos inseminación de un banco de espermas. Lo que sea. No me dejes—sollozaba Francisco.

—¡Suéltame! Justamente ésto era lo que no deseaba. Escenita de telenovela. Ten dignidad, Francisco. La gente nos está viendo. No seas dramático. Los hombres por lo general se sienten aliviados cuando no hay responsabilidad de por medio. Míralo por el lado amable. Te estoy liberando de todo. Ahora no lo ves, pero te garantizo que me agradecerás en un futuro.

Francisco alzó la mirada y miró a una Mónica fría que logró soltarse. Ya no había algo que adicionar. Estaba todo dicho. Francisco volvió a sentarse en la silla mientras que Mónica se paró y se alistaba para marcharse.

—Deseaba ser gentil contigo. Tuvimos linda relación. Siempre hablaré bien de tí. Quedas liberado para hacer los viajes que me comentabas no pudiste hacer antes que me conocieras. Sólo sé feliz. Me voy y trataré de ser feliz yo igualmente. Cuídate mucho, Francisco—dijo Mónica mientras agarraba su cartera y se iba de aquel restaurante.

Pasaron minutos eternos. Una hora exactamente en la cual Francisco estuvo inerte en su silla rememorando lo que ahora eran recuerdos de una relación abruptamente finiquitada. La imagen, cuando se la presentaron por primera vez en aquella fiesta a la que fue por casualidad. Esa noche bailaron y conversaron por buen rato. Típico comienzo de cualquier historia de amor. Las llamadas por teléfono. Los debates cómicos y futbolísticos cada vez que se enfrentaban las escuadras de Perú vs Colombia. Sin importar quien ganase, eran momentos para compenetrarse vía la pasión del futbol. Cuando hicieron el amor por primera vez, la emoción y nervios lo hicieron presa de eyaculación precoz. Ésto fue motivo de burla jocosa de parte de Mónica quien ya luego, disfrutó la reivindicación. Cuando vieron juntos la terrorífica película "Paranormal Activity" motivando que una pavorosa Mónica se enterrara en sus brazos, fue detonante para rentar o buscar algo similar varias veces y así tenerla acurrucadita en él. Las veces que Francisco despertaba antes que ella y la observaba dormir en silencio. Ese rostro bello ante sus ojos cual nunca, saciaba su sed de ver. Cuando iban juntos al Youth Fair cada Marzo, porque a ella le traía recuerdos de su adolescencia. Le fascinaba dar de comer a los animales y conseguir cuantos cupones fuesen posible para usarlos en los juegos. Cuando viajaron juntos a Cancún y se tomaron muchos selfies al frente de la playa besándose y besándose. Esos besos de Mónica tan brutales que lo desarmaban, así el estuviese enojado o frustrado por alguna razón. Con sólo un beso, su ánimo se calmaba. El olor de su piel, su aliento, su cabello y hasta de su derriere irrumpían en su ser. Tres años de gloria amorosa se estaban esfumando en cada minuto recorrido. Se estaban yendo al olvido después que la puerta del restaurante se cerraba al salir de ahí. La imagen de Mónica largándose raudamente ya estaba impregnada en su cerebro. Ahora sí entendía aquellas canciones de amor perdido o desilusión que tanto le jodía escuchar. Esas canciones de despecho que ella solía poner de vez en cuando. Esos vallenatos melancólicos o cumbias dolorosas que en numerosas ocasiones le retumbaron el oído. Ahora tiene sentido todo éso. Ahora sí. ¡Qué huevada por la Puta Madre! Hasta el hambre se le olvidaba a Francisco. Personas que lo veían sentado ahí, no sabían si acercarse, así que nadie lo hizo. Las preguntas típicas predatorias explotaban en su cabeza. El entendimiento era nulo. Cero. Era tal la sorpresa que ni una lágrima brotó. El shock fue espeluznante. La culpa lo invadía al cien por ciento. Le había terminado porque sus espermas no eran capaces de conquistar sus óvulos. Esa noticia recibida de parte del médico destrozó su vida peor que un huracán de categoría 5 refugiado en una choza de paja. Francisco también deseaba hijos. Decía que quería tener hasta 8 o quizás 11 para completar un equipo de fútbol. Tenía carisma y hasta alma de niño. Se llevaba bien con ellos y nada le inspiraba más ternura que la risa de un bebé. ¿Cómo era posible que siendo un tipo con innata alma paternal fuese incapaz de procrear uno? Encima que la mujer de sus amores ni siquiera estuviese abierta a la idea de adopción. ¿Cómo carajos era ésto posible? Al despertar su vida estaba planeada. Al despertar su vida era color y esperanza como aquella canción. ¿Qué mierda hice para merecer ésto? Nunca le fui infiel. Me dediqué totalmente a ella. Mis pies pueden oler alguito y mi culo se tira pedos de vez en cuando. Es normal en cualquier hombre. Pensaba y pensaba a sí mismo Francisco. ¿Estoy teniendo una pesadilla? Francisco se cacheteó y nada. Todo esto estaba pasando. Todos sus pensamientos eran pura desazón. Puro despecho.

—¿Saben qué?—murmuró Francisco—¡A la mierda el matrimonio! Me preparé por las huevas. ¡Viva la soltería carajo!!! ¡A culear con todas se ha dicho!

Y con ésto, Francisco se marchó de aquel McDonald's donde nunca regresaría y… ¡A empezar su nueva vida! Hizo promesa de no volver a enamorarse nunca jamás. Las novelas te enseñan puras babosadas pensó. No vale la pena enamorarse se repetía en la mente recordando aquella canción. En medio de aquel estupor, ideas de renacimiento que entraban a su cerebro, golpes al aire, puteadas incriminatorias, pecho latiente y rechinamiento de dientes se reiteraban mientras caminaba a su carro. Deseaba sentirse liberado, pero la cólera invadió todo su cuerpo. Entró al carro y se miró al espejo y se dijo en voz alta: ¡Nunca más, carajo! ¡Nunca más me enamoro! ¡He dicho por la Puta Madre! Y aquí nació un nuevo Francisco Copello…

# KARLA

KARLA: Me di cuenta que sólo me buscaba por sexo. Entonces me divertí por un ratito y ya. No le seguí contestando así llamara como 20 veces. Me cansé.

FRANCISCO: El hombre llega hasta donde la mujer le permite.

KARLA: Exacto. Mi corazón no estaba dispuesto a seguir con sus huevadas. Como dice éso que he leído varias veces: Hasta un buen corazón enamorado se desgasta. Me desgasté simplemente.

FRANCISCO: Esa es típica. Dejo mi esposa por tí. Las estadísticas de hombres que dejan sus esposas por la amante son muy bajas. Todos lo sabemos. Sin ganas de querer ofender, pero sí existen las cojudas que se la creen.

KARLA: ¡Claroooo! La cojuda fui yo. Cuando una se encuentra en toda la cojudez de que: ¡Ay que estoy templada! ¡Ay que amor mío! Es inminente cegarse a todas las banderitas rojas en el camino. Toditas ahí puestas flameando y revoloteando con bulla incluida. ¿Y tú? Ni mierda que te das cuenta.

FRANCISCO: Mucha razón en éso de no ver las señales cuando uno está dizque enamorado. Te pueden dar una cachetada para que observes. Nada. Te dan otra y otra y hasta otra. Nada. Crees estas obrando bien para tu relación. Crees que lo entregado es suficiente para la otra persona. Te salen luego con otra cosa. Cualquier meta o deseo planeado son descartados porque no son las mismas metas de la otra persona. Cuando no te aprecian la verdad duele como mierda.

KARLA: No te pongas melancólico, mi Panchi. Ya sabemos que la tipita ésa no te supo apreciar cómo te mereces. Tú vales un huevo.

FRANCISCO: Lo sé, corazón. Todo superado. Muchas veces no sé cómo agradecerte tus consejos, tus palabras de ánimo, tus mimos, todo durante todo este tiempo que conversamos. Eres lo máximo. Me has aguantado hasta lloriqueos. Qué paciencia la tuya.

KARLA: Me puedes agradecer con un ceviche y sus respectivas chelas como debe ser ni bien pises suelo Limeño. Lo justo.

FRANCISCO: Hemos hablado tántas veces de este viaje y ya falta poquísimo. ¡Puta que no me la creo que la próxima semana estaré en Lima de nuevo después de tres años! Estoy súper emocionado. Me voy a relajar todos los días. Creo que hasta decido quedarme allá y no regresar jamás. Nada como el país de uno.

KARLA: ¡Oye, huevón! Sé que vas a estar patiperreando por ahí, pero ni se te ocurra no visitarme que te corto los huevos. Tanto tiempo sin vernos y al fin te recupero. Así que me das tiempo o… ya sabes. Te busco y te pateo en los huevos. Ya me dijiste el hotel donde te hospedas. Te jodiste.

FRANCISCO: ¡Jajajajaja! ¡No seas loca pues! Tú eres la primerita a quien voy a ver. Ni a palos me pierdo el chance de abrazarte y apachurrarte como se debe. Como te dije, no tengo manera de agradecer todo lo que has hecho por mí. Sería yo un total malagradecido y patán si no te busco. Y tú sabes lo ricotona que estas en mi opinión. El gusto es mío.

KARLA: ¿Eso si te gusta, no? La pendejadita. Éso nomás les gusta a los hombres.

FRANCISCO: ¿Me vas a decir que a tí nó?

KARLA: Estamos de acuerdo, pero las mujeres somos sutiles y no lo ventilamos ni lo hacemos notar como ustedes los hombres.

FRANCISCO: Tampoco tienen un aparato reproductivo que se erecta al sentir atracción o deseo. Éso les ayuda demasiado.

KARLA: ¿Prefieres tengamos algo similar entonces? ¿Desearías una mujer compitiendo contigo en ese aspecto?

FRANCISCO: Aquí se ve cada caso. Años atrás estaba por la playa y se me acercó una morenota con un vestido escotado, unas tetazas enormes, una bocaza capaz de comerme todo, harto maquillaje y ojazos de búho. Yo andaba mareado y me causó impresión ver semejante espécimen. Entonces la flaca caminó hacia mí y me tocó los huevos. Me dijo que me chupaba todito por 20 dólares. En mi estupor lo consideré pues se me paró. Me dio risa de los nervios y de lo absurda que era la situación. Estaba en plena calle y la gente nos miraba. Y la tipa me acariciaba todo el miembro. Y no sé cómo, al fijarme, le veo una erección estilo porno. Me asusté porque, está bien que yo acepte toda clase de orientación sexual, por mí normal, quien le guste lo que sea está en su derecho, pero yo ni borracho o drogado iba a dejar que una morenota con pinga más larga que la mía me la chupe para después terminar con mi virginidad de culito en algún callejón de South Beach. Tampoco, tampoco pues. Me zafé y me fui corriendo a mi carro. Se me pasó la borrachera del roche. Admito que ahora me da risa. Si yo viera a otro pasar por lo mismo, me reiría. Cuando he pasado por esa calle en otras ocasiones, me pregunto: ¿Qué será de mi morenota? ¿Habrá encontrado el amor? ¿O quizás deambula por ahí buscando el culito que se le corrió en una noche de aquellas? Hay cada caso que se ve aquí.

KARLA: Me has hecho cagar de risa, huevas. Que cague de risa. A tí te pasa cada huevada. Yo veía eso y me tiraba al piso de la risa. ¡Qué miedo ver una mujer más dotada que tú! Yo he visto videos y películas de los locos que merodean por Estados Unidos, pero nunca me habías contado ésta.

FRANCISCO: Me acabo de recordar. Tiempo que no pensaba en esta anécdota. Fue chistoso pero en ese momento no sabía si correr o llamar a la policía para que no me violaran. Esa morenota de hecho que si me perseguía, así estuviese con tacos me alcanzaba y ahora otra sería mi historia amorosa.

KARLA: ¡Jajajajá! Eres un loco. Me has hecho reír. Date tu vuelta por esa calle. Quizás no te olvida hasta hoy. Anda por ahí y sé feliz.

FRANCISCO: Si voy y encuentro la felicidad por esos lares, la que pierde serias tú al no saber de mí.

KARLA: Estás con la autoestima por los cielos veo.

FRANCISCO: ¿Ya era hora, no?

KARLA: ¿Te puedo preguntar algo y me respondes con toda franqueza?

FRANCISCO: Obvio.

KARLA: ¿Ya la olvidaste por completo?

**FRANCISCO:** (suspirando) Te soy sincero que todavía siento algo de cólera hacia su persona, pero no la pienso todos los días como antes. No la busco en el Facebook ni Instagram. Tampoco frecuento los lugares que ella frecuenta y me alejé de las amistades en común. No deseo saber de ella. Me liberé totalmente de su amarre. Boté todas sus pertenencias. Me saqué la idea estúpida que tenía de hacerme el proceso de eliminación de memorias estilo "Eternal Sunshine of The Spotless Mind" porque obvio que éso es sólo ficción aunque ganas no faltan que sea algo real. Estoy disfrutando de mi soltería al máximo. No estoy buscando nada de relación seria y me siento mejor de esa manera.

**KARLA:** Estoy totalmente de acuerdo. ¿Sabes que yo tampoco estoy buscando relación seria, no? ¿Sabes soy gótica en ese aspecto también, verdad?

**FRANCISCO:** Ya me lo has dicho miles de veces.

**KARLA:** Ya sabes cómo soy. Las cosas claras desde un comienzo.

**FRANCISCO:** Si, Karlita de mi corazón. Las cosas más claras que un manantial. Ya estás disco rayado con esa ideología.

**KARLA:** Lo menciono y repito porque ya te he contado, cuántos patas se me retuercen cuando ya estaban advertidos que no busco nada serio y después se me ponen intensos y que: "!Ya pues, Karla, no seas así! ¡Cásate conmigo! ¡No me abandones! ¿Te conté la vez que un tipo se emborrachó en la puerta de mi casa?

**FRANCISCO:** Para nada.

**KARLA:** Érase un tipo con quien salí un par de veces. Todo normal. ¿Para qué? El patita todo un caballero. Me invitó a cenar, fuimos al cine, tomamos unos traguitos. Lo normal. Nos besamos pero hasta ahí nomás. Yo le dije no deseaba nada serio y que podíamos seguir conociéndonos. Él aceptó. Entonces en una de esas salidas, se le subió el alcohol un poco y ya estaba acercando sus manos a mi pecho. Me incomodé y se lo comenté. Pero obvio que éste ya estaba con la cabeza y la vaina caliente y no me hizo caso. Me molesté y me marché. No lo llamé, ni le contestaba sus miles de llamadas pidiéndome perdón. Ya la había cagado. Paso un tiempo. Pensé que no jodería más. Cometí un error para variar, al descifrar este hombre. Y de la nada, un buen día me llamó veinte mil veces. Llamaba y llamaba. Dejaba mensajes en el inbox. Los escuchaba y era bien notorio que estaba más huasca que novio en fiesta patronal. Hasta lloraba en los mensajes. Fue bien bochornoso. Entonces el cojudo éste, había seguido chupando y se quedó dormido en la puerta de mi departamento. Ni sabía cómo logró entrar al edificio. Ya te imaginas como granputié al security. Lo despidieron después de esa falta de oficio completo. Lo anecdótico es que yo no dormí esa noche en mi lugar. Me había quedado en casa de una prima. Cuando regreso a la mañana siguiente, lo veo al baboso éste roncando en mi puerta. Ya te imaginas el grito que dí. Nadie lo había visto y si lo vieron, seguro pensaron que era mi marido quien yo había dejado castigado afuera. Todo un escándalo como te puedes imaginar. Llego la policía. Grité a los cuatro vientos la ineptitud del que trabajaba esa noche. Y todavía tuvo desfachatez de decir que el tipo le lloró por mí y el de seguridad se apenó por su situación, pues le había sucedido algo similar y por comprensión al amor lo dejó entrar todo campante al borracho ése. Si no lo llevaron preso al guachimán también fue porque justo llegaba su novia a recogerlo para ir a desayunar juntos y se me arrodilló llorando que no le haga algo a su marido. Yo estaba más enfurecida que un volcán del Hawái. Vergüenza total. Desde la jefatura lo despidieron como te comenté y esta vez no supe nada más.

FRANCISCO: ¡Qué clase de diablos azules fueron esos!

KARLA: Diablos azules, rojos, verdes, cualquier color que se te ocurra. Me imagino mezcló trago o estaba en ayunas. ¿Qué sé yo?

FRANCISCO: ¿Todo ésto con sólo besos?

KARLA: Para que veas.

FRANCISCO: Me imagino tus besos deben ser de otro mundo para embrutecer de esa forma a un hombre.

KARLA: Sólo hay una forma de saber.

FRANCISCO: Ya falta poco para aterrizar en Lima.

KARLA: ¿Oye, tú crees que sólo por llegar a Lima ya está todo garantizado? Hay que enamorar y convencer primero.

FRANCISCO: Yo hago mi parte y tú haces la tuya. ¿Estamos?

KARLA: Definitivamente tienes la autoestima por los cielos veo.

FRANCISCO: ¿Ya era hora, nó?

KARLA: Tienes razón. Ya era hora. Bueno, querido. Ya debo acostarme. Mañana tengo día largo en la oficina.

FRANCISCO: Yo igual. Hemos hablado casi dos horas.

KARLA: Contigo se hace fácil conversar. Me gusta mucho éso.

FRANCISCO: No puedo contar las horas para conversar frente a frente contigo.

KARLA: ¡Paciencia, chibolín! Paciencia. Espero no te me pongas intenso luego.

FRANCISCO: No te me pongas espesa que me emborracho y me duermo en la puerta de tu departamento pero estaré calato para cambiar el libreto algo.

KARLA: ¡Jajajajá. ¡Estúpido de mierda!

FRANCISCO: Me encanta tu risa.

KARLA: Gracias, loquito. Conversamos mañana. Besos. Te quiero.

FRANCISCO: Más besos de mi parte. Y yo te quiero más.

Y con ésto colgaron los dos al mismo tiempo.

Francisco y Karla eran viejos conocidos de la infancia. Cursaron el mismo colegio en Lima. Compartían compañeros, salones, profesores, palomilladas y lo típico de una amistad colegial. Francisco tuvo que acercarse a ella primero, pues los habían emparejado para una tarea de historia universal en la cual debían estudiar sobre un evento de la Segunda guerra mundial y exponer en clase. Francisco escogió D-Day, la batalla de Estados Unidos contra Alemania en la playa de Normandía puesto que la película de "Saving Private Ryan" lo había impresionado muchísimo. Karla aceptó a regañadientes [a] ver la película con Francisco y exponer sobre ese tema. En un comienzo, Karla pensó que sería otra tarea tediosa con un chico, el cual sólo se dedicaría a tratar de enamorarla, pero no fue así. Francisco de veras estaba interesado en el tema de la guerra y le enseñó algunas cositas que a Karla para ser cierto, no le importaban. Karla era una niña de carita dulce y linda. Muchos de sus compañeros deseaban besarla o estar con ella. Cosas de chiquillos colegiales. Para Francisco no era ajena su lindura, pero él estaba maravillado por otra chiquilla. Karla se sorprendió al ver que se llevaba de manera macanuda con el flaquito a quien llamaban Panchi. En años anteriores no le había puesto algún interés y ahora gracias a aquella asignatura, se hicieron buenos amigos. La exposición fue algo divertida e informativa, pues Francisco usó aquella película de Steven Spielberg como su mayor ejemplo y entre los dos expusieron sobre los eventos que motivaron aquella batalla histórica. Francisco logró atraer la atención del salón entero y se divirtieron con el estilo afable de los dos. La profesora aplaudió el esfuerzo y les dió una buena nota. Lo rescatable de la experiencia fue el nacimiento de una amistad que se mantendría aun cuando la familia de Francisco se mudó de Lima a Miami.

Como es tan recurrente en amistades alejadas por la distancia y el correr de los años, las vidas de Francisco y Karla tomaron sus respectivos rumbos. La chiquilla de carita linda y dulce se hizo una mujer atractiva, independiente, trabajadora y reacia al matrimonio. Karla vivió en carne propia la separación de sus padres y los fallidos intentos de su Madre al querer rehacer una vida matrimonial convencional con otros prospectos. La madre de Karla nunca pudo construir otro hogar, entre comillas, normal. Sólo pudo aumentar su número de relaciones mientras que el padre de Karla sí tuvo otro compromiso, del cual Karla decidió abstenerse de cualquier comunicación. Ante todo ésto, Karla Vera se dedicó a estudiar y valerse por sí misma. Se juró no casarse ni tener hijos. No encajaba en sus planes de superación. Era una pérdida de tiempo en su opinión. Y como cualquier ser humano, Karla no era indiferente a la atracción por el sexo opuesto y a la necesidad de contacto físico, entonces tuvo sus experiencias, de las cuales ninguna tomó en serio, pues en su parecer ninguna relación es eterna y todos los defectos de cada uno tarde o temprano sacan el rostro feo, camuflado con los gestos románticos o afectuosos de los inicios. Su actitud ante la idea de la sociedad del matrimonio con familia, hogar, lujos materiales, su perfil social repleto de fotos vacacionales, era totalmente displicente. La pereza le invadía su cuerpo al pensar en todo éso. Y se lo comunicaba a todo pretendiente desde el principio. Ya no podía controlar que aquellos hombres se ilusionaban con lograr lo que la sociedad les dictamina y la cumbre de poseer a Karla como una flamante esposa. Nadie parecía entender la independencia innata en ella. Esporádicamente alguna que otra aventurilla podía haber, pero de fórmula fugaz era su condición.

Era una noche lluviosa en Miami en la cual Francisco optó por comprar un twelve pack de cervezas y quedarse en casa viendo videos de YouTube, cuando algo magnetizado en su perfil de Facebook, vio en las personas que quizás conoces a su antigua amiga Karla Vera. Se alegró muchísimo e instantáneamente se sintió atraído y no titubeó en solicitar su amistad. Pasaron un par de días para que Karla aceptara la solicitud enviada. Se saludaron de inmediato de manera afectuosa. Empezaron por los recuerdos del colegio, los compañeros, profesores, palomilladas, eventos y continuaron con las actualizaciones de sus vidas. De a pocos se contaron sus alegrías, sinsabores, experiencias y sueños. Sus conversaciones se hicieron amenas al pasar de los meses. Se hizo una costumbre para cada uno saludarse. Los dos disfrutaban mutuamente el compartir de sus días. Hasta que los dos se confesaron que existía una atracción, la cual obviamente sólo quedaría en éso, pues Karla sabiendo la realidad y su mentalidad de nada serio, lo comentaron en una charla que amigos con derechos sólo podían ser. Como cualquier hombre en plan de conquista de algún romance temporal, Francisco se encontró muy satisfecho con el acuerdo. Se había hecho la propuesta de gozar su soltería al máximo posible. La idea infame de crear un hogar mediante el matrimonio quedó rezagada para no contemplarla jamás. El cambio sistemático de la relación entre los dos era algo muy bienvenido para su presente. Francisco empezó a planear sus vacaciones a su tierra natal al darse cuenta que no había tomado vacaciones en tres años. Había priorizado su relación pasada y ahora se encontraba sin ningún obstáculo para disfrutar de un tiempo de relax. Observó que tenía muchas horas de vacaciones pagadas, pagó su pasaje y decidió usar todas para irse por un mes entero a su Lima adorada. Pensó así mismo que con todo el dinero ahorrado que poseía podía también pasearse por algunas otras ciudades del interior del Perú. Se lo comentó a Karla ni bien todo estaba finiquitado y ella se emocionó de al fin poder pasar tiempo de adulto con su gran amigo, a quien había recuperado después de varios años y así las penas olvidar. Conversaron de posibles lugares para visitar, caminar o tertuliar. Los dos deseaban aprovechar el acordado trato de amigos cariñosos. Encajaba perfectamente en la rutina de Karla. Francisco contaba los días para llegar y pasarlo de lo lindo. Se ilusionaba al saber que alguien de su pasado se encontraba con las mismas ganas de disfrutar su compañía. Cada día que la fecha se acercaba, la contaban alegres. Se imaginaban escenas futuras. Se confesaban los gustos y disgustos de cada uno. Y sabían mutuamente qué posición sexual era la favorita del otro. La algarabía interna incrementaba con el correr de los minutos. Hasta que llegó aquel día.

Francisco despertó con muchas ganas de vivir la vida. Su vuelo era en la tarde llegando casi a la medianoche. Karla iba a recogerlo. El día siguiente estaba solicitado libre para poder ella quedarse junto a él. Ésto le hacía sonreír internamente a Francisco. Ni bien llegaba ya estaba asegurada la noche con su gran amiga. Ella había reservado un cuarto de un hotel por San Miguel. Francisco sabía que estaba a minutos del aeropuerto y podían salir a vacilar en alguna discoteca o bar cercano. Hizo los últimos arreglos de sus dos maletas. Estaba viajando por un mes entero, así que llevaba bastante ropa y regalos para sus conocidos. Su desayuno le quedó estupendo. Deseaba comer bien para no aguantar tanta hambre hasta que le dieran comida en el avión. Cuando llegó la hora de salir de casa, llamo a su Lyft con anticipación. El conductor era un cubano joven con quien tuvo una charla amena. Cuando Francisco le contó que se iba de vacaciones al Perú por un mes, el cubano le deseó suerte y se puso algo nostálgico al comentar que no podía visitar su isla amada todavía. Las cosas que han sufrido los Cubanos de veras son demasiadas pensaba internamente Francisco. Al llegar al aeropuerto, se despidieron cordialmente. La rutina típica de hacer cola en el check-in, las maletas rumbo al avión, la estresante modalidad de seguridad del aeropuerto y las horas en la sala de espera no disminuyeron ni una onza del regocijo que inundaba su alma. Francisco no se sentía tan exuberante en mucho tiempo. Quizás nunca. Cuando la azafata hizo el llamado de abordo,

Francisco se despidió mentalmente de Miami. "!Good riddance, vida antigua! ¡Hello, vida nueva!" murmuró a sí mismo. Una vez dentro del avión, tomó su tiempo para avisar por WhatsApp a todas las personas que esperaban un aviso suyo. Apagó su celular y observaba el paisaje que ofrecía la ventana. Especialmente cuando despegaron y en la ventana se puede observar aquella belleza peninsular de la parte baja del estado de La Florida. Los edificios imponentes por la playa, el color cambiante del mar, los yates, el tráfico de la ciudad, las islas, la luz del sol irradiando tus sentimientos, la atmosfera única Miamense. Francisco observaba todo ésto desde su asiento atinando sólo a meditar lo afortunado que se sentía. Y con ésto volteó la mirada hacia el monitor y empezó a buscar qué película podría ver. El vuelo era de cinco horas y alguna forma de pasar el tiempo tenía que encontrar.

—Te tengo al frente mío y todavía no lo puedo creer—dijo una emocionada Karla—Nunca he vivido algo similar.

—Yo tampoco, querida—respondió Francisco—Eres la primera mujer que conozco de mi infancia, con la cual mantengo una amistad y me veo en persona a esta edad.

—Huevón, me refería a lo espectacularmente cómoda que me siento contigo. No ha pasado ni una hora y pareciera que jamás nos hemos dejado de ver. Alguito romanticona la vaina. ¡No malogres el momento, pues baboso!

—Jajajajá. Eres una loca de mierda. Serás una loca pero eres mi loquita.

—¡Ay, no te pases de cursi tampoco, idiota!

—Sin ganas de bañarte de miel, te juro que eres la persona que más me hace reír. Garantizado. Sin mentirte—dijo Francisco riendo.

—¿En serio?—preguntó Karla observando de manera coqueta a su amigo. Aquel comentario le había gustado—Me dijiste no me ibas a florear.

—Y esa es mi promesa eterna. A tí no te voy a florear. A tí te digo la verdad así no te guste o te enoje. Te respeto muchísimo para huevearte. Y me importa lo que piensas o digas.

—¡Qué serio por Dios!—comentó algo burlona Karla.

—Estoy hablando en serio y no te burles. Que manerita la tuya de burlarte de absolutamente de todo.

—Es que me encanta burlarme de todo—dijo Karla mientras se reía a carcajadas—Si vieras cómo me pongo a observar a todos y me vacilo yo sola.

—Ya me lo has dicho varias veces y me causa gracia—dijo Francisco mientras se atrevía a agarrar las manos de ellas con las suyas de manera firme logrando que Karla dejara de reír y se pusiera algo nerviosa—¿Vamos?—preguntó Francisco mirando fijamente a sus ojos—Me muero de ganas y lo sabes.

Karla entendió perfectamente las intenciones y sin decir una sola palabra, llamó a la mesera de aquel bar para pedir la cuenta. Los ojos de los dos no dejaban de estudiarse. El lenguaje corporal era dominado por la energía invisible.

Karla esperó a Francisco por una hora en la sala de llegada de vuelos internacionales del Jorge Chávez. Cuando lo vio cruzar la puerta de seguridad con su carrito y dos maletas, soltó un grito de emoción que por mucho tiempo no había expresado. El abrazo rompe costillas entre los dos fue verdaderamente apasionado y algo aparatoso, pues no supieron que debía pasar en ese momento, si era un beso en los labios lo formal o informal. Sólo atinaron a abrazarse fervorosamente. A ninguno le importó que otras personas pudiesen verlos. Total, nadie en sus alrededores los conocía. Empujaron el carrito con las dos maletas para buscar un taxi. Karla regateó el precio, pues ya es harto conocido cómo los taxistas al ver pasajero internacional suben los precios de manera exagerada abusando de la necesidad sabiendo que viajeros de otras nacionalidades pueden caer en la trampa menos Los Peruanos que saben cuál precio se debe pagar aproximadamente. Llegaron a un hotel con vista a Plaza San Miguel bien cómodo y acogedor. A Francisco le agradó muchísimo. Dejaron las maletas y concordaron caminar a un bar en la plaza. Mientras caminaban se les notaba la exultación del momento tan esperado y conversado. Al caminar por la Avenida

Universitaria hubo un pequeño ademán de agarrarse las manos, pero fue algo incómodo al comienzo. Ninguno de los dos le dió importancia. A Karla le pareció el aspecto de Francisco más agraciado en persona que por cámara. Francisco estaba impresionado de lo atractiva que era Karla en todo sentido. Mientras caminaban por el simpático tumulto tan típico en la plaza, se reían de lo que veían, pues no faltó la jocosidad al ver unos chicos estallando de hilaridad por uno del grupo que se había tropezado al piso cayendo de trasero completo, al haber tratado de impresionar unas chicas cercanas maniobrando con una patineta. Karla no titubeó en burlarse. A Francisco le gustaba ver a Karla retorciéndose a carcajadas. Decidieron tomar unos tragos en uno de los bares. Estaba algo vacío y les pareció genial. De esa forma podían escucharse mejor al hablar. Empezaron conversando sobre el vuelo de Miami a Lima, las actividades laborales cumplidas por Karla repasando documentos de los casos penales para la semana siguiente, los planes de visitas proyectados por Francisco, la delicia de los tragos consumidos, los éxitos de la Selección Peruana, el clima, varias películas y la caída de culo de aquel joven que se quiso dar de guapo. Karla se dio cuenta lo grato que sentía al lograr que Francisco se descuajaringase con sus comentarios. Ningún hombre en su vida explotaba de risa como lo hacía Francisco, tras algún pachoteado comentario suyo. Entonces fue cuando se dio cuenta que no podía creer que lo tenía al frente suyo expresándolo. Francisco confesó que ella era quien tenía el record de hacerle destornillar y que siempre le diría la verdad. La manera de mirarle a los ojos la estaba destornillando a ella. La mezcla de la energía entre los dos, la conversación demasiado amena, los tragos, la espera, la química, sus manos calentando las suyas y las ganas íntimas profesadas hicieron la realidad latente de no perder ni un segundo. Francisco pagó la cuenta, se pararon al mismo tiempo y regresaron al hotel esta vez sin decir ninguna palabra y agarrados de las manos. Pidieron la llave del cuarto al tipo de recibimiento, subieron por el ascensor, abrieron la puerta y agarrados de las manos la cerraron. Sus respiraciones sonorosas y entrecortadas delataban el sentir. Ninguna letra del abecedario era necesaria de pronunciar. Francisco recordó que una vez ella le conto cómo le gustaban las caricias en la cara y los besos en el cuello. Y así fue como empezó. Francisco le acarició la cara moviendo su cabello para exponer su bello rostro. Le besó la cara, después unos besos con mordidita tenue en el cuello logrando que Karla empezara a gemir un poco y mojarse. La excitación iba en subida rápidamente. Entonces Francisco la besó frenéticamente en la boca. Los dos empezaron a comerse a besos. Sus cuerpos instintivamente flotaron hacia la cama donde se echaron para seguir comiéndose. Francisco dirigió sus manos para acariciar los senos de Karla quien brotando de fulgor empezó a desnudarse. Francisco siguió el camino correcto desnudándose al mismo tiempo. Recordó cuando ella le comentaba cómo disfrutaba el sexo oral al máximo. Francisco le abrió las piernas y dirigió su boca hacia la vagina de ella. El esmero de su parte era palpable pues ella inmediatamente jadeaba con subido volumen inspirando aún más esfuerzo y erección en él. Logró el primer orgasmo en ella con su lengua traviesa y chambeadora. Los artículos leídos sobre métodos de manipulación oral en el sexo femenino surtieron un efecto altamente positivo. Sabía que la tenía a su merced mientras ella disfrutaba el éxtasis inicial. Ella estaba impresionada como muchísimo tiempo no lo estaba. Quizás nunca pensó ella. Con una destreza calibrada por meses, Francisco acomodó un par de almohadas para colocar ese cuerpo femenino incitante encima. Ella recordó cuando él contaba por la clase de su erección, la mejor forma de penetración era mejor dirigida con su cuerpo en ángulo así que obedeció en silencio al postrar su cintura encima de la almohada. Vio cómo Francisco manipuló su miembro por unos segundos. Ella deseaba que esa noche nunca acabara pensó en silencio. Francisco ya no tenía rostro de romántico soñador, más bien de un lobo voraz con hambre insaciable. Ella esperaba con ansias el siguiente movimiento suyo. Se venía la cumbre de la noche. Tántas veces lo habían comentado y era toda una realidad en esos instantes. Afuera de la ventana se escuchaban vagamente los sonidos de la esplendorosa noche Limeña. Y como ordenan los libros afrodisiacos, las escenas cachondas, los instintos corporales, el amor y todo éso, Francisco penetró a Karla.

—¿Qué se te antoja desayunar, corazón?—preguntó un animado Francisco a Karla que seguía acobijada.

Los dos estaban abrazados desnudos. El sol ya pegaba con sus rayos.

—Se me ha antojado un choripán del Metro. Esa grasa cómo me aloca la verdad—contestó una también animada Karla.

—Podemos ir a comer unos choripanes como deseas. De ahí me acompañas a entregar un encargo en Pro para luego regresar acá, almorzamos, descansamos y en la noche nos vamos a bailar. ¿Te parece?—propuso un Francisco coquetón.

—¡Sale vale, corazón! ¡Hacemos éso!—respondió alegremente Karla.

—¿Cuándo fue que me comentaste te acompañara a Trujillo a entregar esos documentos de tu trabajo?

—La próxima semana. Podemos irnos jueves en la noche para amanecer viernes. Entrego esos documentos a mi jefe en Trujillo. El trabajo será unas horas nomás y de ahí vamos para que conozcas los lugares. Nos quedamos el fin de semana y regresamos el domingo en la noche. ¿Te parece?

—Haga lo que haga contigo me parece de la Puta Madre, mi sexy Norteñita.

Francisco se acercó para darle un beso en los labios a Karla, quien los recibió con harto esplendor.

—Te gustará Trujillo. Ya lo verás—pronosticó Karla.

—Me imagino. Siempre he escuchado es una hermosa ciudad. Como estos días vas a trabajar y vamos el jueves, aprovecho para visitar a mi gente los días anteriores.

—Me parece bien. Aprovecha tu tiempo. Quien está de vacaciones eres tú. Ya me desquitaré yo visitándote en Miami viendo cómo trabajas.

—Loca.

—Baboso.

Los dos se rieron y se besaron. Francisco puso las cobijas encima de ellos y empezó a hacerle cosquillas. Las risotadas de Karla eran bulliciosas. Volvieron a besarse e hicieron el amor de nuevo.

Durante el camino de San Miguel a Pro, no dejaron de conversar a centímetros uno del otro ni de besarse frecuentemente dentro del taxi que enfrentaba aquel estrepitoso tráfico de Lima. Las endorfinas producidas por los dos eran capaces de hacer sonreír a cualquier emo que se cruzara por frente de ellos. Al llegar a la casa donde se dirigía Francisco, entraron los dos. Karla observó lo efusivamente que lo saludaban en aquella casa a Francisco y le pareció un emotivo encuentro. Ella apreciaba los gestos de cariño expresados hacia él cuándo los leía en su Facebook de parte de sus amigos y amigas. Los dueños de aquella casa se animaron a comprar unas cervecitas para celebrar tremenda visita. Inclusive dio oportunidad de disfrutar un espléndido almuerzo. Al paso de unas horas, Francisco prometió regresar, agradeció los gestos de amistad y se marcharon. Aprovechó para caminar con Karla y enseñarle algunos de los sitios frecuentados en su juventud cuando vivía en aquel barrio. Le comentó que tenía varias amistades a quienes visitaría en su momento pero por ahora deseaba regresar con ella para cumplir el plan trazado. En el taxi de regreso al cuarto acogedor del hotel, los besos entonados con la mezcla de cerveza y la expectativa de otra noche apasionada inspiraban corriente de energía sensual deslumbradora. Ni bien cruzaron la puerta del cuarto, no esperaron y se desnudaron para cumplir lo deseado. Cada vez era mucho mejor pensaban en silencio cada uno. Cada vez se iban entendiendo mejor y mejor. La luna los motivó a salir caminando agarrados de las manos y con sonrisas de tortolitos. Se dirigieron a una discoteca cercana para escuchar algo de música, tomar unas cervezas y bailar. No les importó para nada que ellos estuviesen rodeados de puros chibolos laberintosos. Las miradas estaban proyectadas mutuamente para el mundo de los dos. Karla hacía cualquier comentario subido de tono para hacerle reír. Sentía como si hubiese encontrado un propósito en su vida. Como si hubiese hallado el espectador perfecto. Francisco apuntaba con su dedo para que Karla observara los muchachos que se juraban ser góticos y ella naturalmente se burlaba. A Francisco le fascinaba esa risa estruendosa que podía emanar de ella cuando de veras le daba gracia algo. Sus gestos de taparse la boca y querer reír con los labios cerrados eran infructuosos, pues le vencían las carcajadas boquiabiertas. Francisco observaba ésto con mucho estupor. Bailaron unas canciones, tomaron varias cervezas, se besaron constantemente, se vacilaban de todos y bailaron de nuevo. Sólo fue por unos segundos que algo extraño sucedió en Karla: Se fijó en una chica que observaba a Francisco a lo lejos. Algo desconocido para ella en muchas lunas. No le gustó para nada la mirada coqueta de aquella chica que trataba de conectar con la mirada de él a lo lejos. De manera abrupta lo abrazó y besó raudamente logrando que aquella chica volteara la mirada. Francisco ni cuenta se dio de este lenguaje corporal entre estas dos mujeres. Ya eran casi las cuatro de la mañana cuando Karla susurró en el oído de Francisco para retirarse al hotel. Él le hizo caso y regresaron caminando puesto que era trayecto caminable. Llegaron al cuarto, se lavaron los dientes al mismo tiempo, se echaron en la cama y volvieron a amarse.

Tras haber compartido tres días juntos, Francisco se hospedó en la casa de una Tía mientras que Karla continuaba con su rutina laboral. Pasaron unos días cuando Karla sentía algo raro en ella. Extrañaba a Francisco. Algo que le parecía absurdo obviamente, pues era muy consciente sobre las situaciones personales. Los dos vivían en diferentes países y sólo eran amigos. Claro que durante los días que no se veían se comunicaban a menudo, pero esos días que estuvieron juntos fueron memorables para ella. Lo que la tenía ansiosa era que llegara el día pactado para viajar a Trujillo los dos solos. Ya estaba todo coordinado. Francisco iba a pasar algunos días con familiares y amistades mientras que

Karla avanzaría sus trabajos para poder darse cierta libertad. Lo peor es la lentitud que las horas se mueven cuando una espera algún evento pensaba una leve exasperada Karla. Otra cosa que la mantenía un poco desnivelada era el pensar que Francisco estuviese con otra mujer. Sabía a la perfección que Francisco estaba de vacaciones, que tenía todo su derecho, su misión era superar totalmente aquella ruptura fatal y era sólo su amigo. Es por éso que detestaba las relaciones meditaba Karla. Aquella necesidad de posesión sobre alguien, la odiaba. Enjaulada en su oficina, la cabeza le daba vueltas y vueltas al punto que tuvo que patear su estrés yendo a un rango de disparos para disfrutar uno de sus hobbies escondidos. De veras detestaba los amarres pensaba en cada disparo.

Cuando llegó el día esperado, los dos se regocijaron en un estupor grandioso. De veras estaban felices de verse para compartir los que serían unos días alegres. Se encontraron en Plaza Norte a la hora acordada. Karla había comprado los pasajes con anticipación en Oltursa que era su compañía favorita de buses. Francisco le contaba su periplo de los días que estuvieron alejados. Karla lo escuchaba con atención. Francisco había extrañado los besos de Karla, así que la besaba constantemente y frenéticamente. Ella se dejaba besar de esa manera tan atípica en su experiencia. Nadie la había besuqueado tanto como él y era de su agrado tanta mela mela. Aceptaba esa parte suya. Al llegar la madrugada, los dos se quedaron dormidos en sus asientos agarrados de las manos y acurrucados. El viaje fue placentero sin ninguna eventualidad. En la mañana siguiente, despertaron en la bella ciudad de Trujillo. Karla la conocía muy bien. Ya sabía a qué hotel dirigirse y el itinerario que iban a mantener por ese fin de semana. El desayuno fue delicioso. Karla se apresuró a entregar los documentos que debía llevar y atender la junta pactada por sus colegas. Durante las horas que ella se ausentaba por sus responsabilidades, Francisco aprovechaba para dormir. Él estaba fatigado por el viaje, ya que no estaba acostumbrado como ella. Lo poco que logró ver de Trujillo le pareció bonito y estaba con muchas ganas de pasear. Cuando despertó de su siesta, Francisco sintió mucha hambre. Recordó que Karla le había comentado que si no llegaba para hora del almuerzo que bajase a buscar comida en los lugares cercanos al hotel ya que había varios sitios de buena cocina y precios cómodos. Francisco se zampó un seco Norteño con su jarrita de chicha de jora. Toda una delicia para él. Caminó unas cuadras como para bajar la comilona. Después se dirigió al hotel para darse otra siesta ya que Karla aun no llegaba. Pasaron algunas horas cuando Francisco se despertó sobresaltándose porque Karla se lanzó encima de él. Ella estaba de buen ánimo mientras le contaba lo bien que le fue con los clientes y el fuerte bono que iba a recibir. Él estaba contentísimo de verla. Ella se disculpaba por haberse demorado tanto, cuando sintió la erección de Francisco. Gracias a éso ella se inspiró en hacer algo que no era tampoco su costumbre. Le bajó los pantalones a Francisco y lo estimuló oralmente de manera efusiva logrando que tuviese un éxtasis profundo haciéndole gemir sonoramente. Francisco pensó así mismo que aquella había sido la mejor mamada de su vida. Al terminar el acto, Francisco y Karla se bañaron juntos, se vistieron y fueron a cenar al restaurante favorito de ella. Fueron a un restaurante llamado el Uruguayo situado por El Ovalo Larco. Conversaron amenamente y fiel a sus costumbres, rieron mucho y planearon las actividades para los siguientes días ya que Karla estaba libre. Cuando regresaron al hotel tras caminar varias cuadras, le tocó a Francisco devolver el favorcito. Acarició el cuerpo de Karla, levantó su vestido negro que usaba, bajó el calzón y empezó a juguetear con su lengua. Ya sabía cómo le gustaba a Karla. Fue una con una. Los dos terminaron felices. Al despertar el día siguiente, desayunaron y salieron dispuestos a completar el tour planeado del fin de semana. Fueron a lugares como: Casa Orbegozo, Museo Larco, Chan Chan, Huanchaco, La Plaza de Armas, Museo De La Dama De Cao, etc. Se tomaron muchas fotos, se vacilaron de cualquier anécdota entre los dos, hicieron el amor en cada momento que lo necesitaban, comieron platos espectaculares, quedaron fascinados de la tan conocida amabilidad Norteña y disfrutaron de mucha cerveza. Los días pasaron velozmente. En el bus de regreso a Lima, casi no durmieron porque las horas fueron repletas de conversaciones sobre lo ocurrido, vieron las fotos, se burlaban de ciertas imágenes chistosas y al ver que estaban prácticamente solos en el segundo piso del bus, Karla se montó encima de Francisco y tuvieron un quickie satisfactorio y relajante.

Una vez regresados a Lima, la tendencia se mantuvo. Francisco se desaparecía por días con familiares y amistades las cuales Karla sabía que ése era su plan. Distraerse lo máximo posible y olvidar su pasado. Éso estaba pactado desde el principio. Karla continúo prosperando en su trabajo. Todo le estaba funcionando positivamente tanto en el aspecto laboral y amoroso. El sentimiento de cumplimiento vital irradiaba en ella. Un sentimiento fascinante pensaba ella. Durante los días que no se veían, Francisco le mantenía al tanto de sus aventuras. Cuando se encontraban, la pasión se desbordaba como ya era costumbre en ellos. Karla aceptó tenerlo en su departamento y pasaron algunas noches con sus cuerpos calentándose mutuamente. Fue en el último encuentro que Karla notó un moradito en la parte inferior del cuello de Francisco. Una mordidita delatadora. Una muestra de travesura de dientes. Un temporal tatuaje que Francisco no mencionaba. Karla lo vio ni bien se quitó la ropa, pero calló. Hicieron el amor y ella se percató que había otro moretón por el muslo derecho.

—Me jode que debo regresar a Miami en dos días— comentó un placentero Francisco—Si por mí fuese, creo me quedaría a vivir aquí. Lo malo es que no tengo carrera y tendría que empezar de cero.

—Es muy diferente venir de vacaciones a vivir en el Perú y lo sabes, cariño—respondió una jadeante Karla—Claro que de hecho encuentras chamba fácilmente por tu inglés, pero no ganarías lo que ganas en USA. Debes tener contactos. Todo eso influye. Quizás no es tan descabellado como se piensa, pero tú estás muy bien allá con lo que haces.

—Es hasta frustrante. No existe el país perfecto. Tanto Perú como USA tienen sus virtudes y defectos. Yo siempre he dicho que tengo lo mejor de los dos mundos y si acepto que estando allá extraño mi Perú como todo Peruano que se va al exterior, pero cuando estoy acá ni pienso en USA. Obvio que extraño mi familia y sé muy bien que aquí no tengo las mismas oportunidades. Como dices, seguro es la vaina que estoy de vacaciones y sin responsabilidades que me hacen pensar estas cojudeces. Me pongo nostálgico cada vez que debo regresar. Y más aún esta vez que he estado contigo y me dan ganas de llevarte conmigo—comentó Francisco mientras le besaba el cuello a Karla.

—¿Me quieres llevar contigo? ¿Y qué se supone que haría allá? ¿Casarme? ¿Trabajar en un supermarket? ¿Qué se te ocurre?

—No es para que te pongas sarcástica tampoco, Karla. Es sólo un pensamiento que se me salió mientras estoy aquí abrazado contigo. ¿Acaso no crees que funcionaríamos?

—Voy a serte sincera. Obvio que estos días contigo me encantaron. Sabes muy bien que han caído muchas lunas para yo compartir con un hombre de esta manera. Me he entregado a tí totalmente. Hemos hablado de todo. Es cierto que hacemos una bonita pareja. La química está latente. No lo voy a negar.

—¿Entonces?

—¿Puedo hacerte una pregunta y cumples tu promesa de no florearme?

—Por supuesto—respondió un intrigado Francisco que miraba cómo Karla lo observaba fijamente a los ojos.

—¿Quién te hizo éstos?—preguntó Karla enseñando los moretones atrevidos en el cuerpo de Francisco quien se quedó perplejo por un par de segundos.

—¿De veras deseas saber?

—Sí. Entiendo muy bien que no estamos en una relación seria. Que no hicimos o conversamos ningún compromiso. Pero sí me gustaría saber si has estado con otra mujer mientras estabas conmigo vacacionando.

—Sí—respondió Francisco suspirando y agachando la cabeza—Te prometí responder todas tus preguntas con franqueza desde Miami. Ésto es obra de una vecina chibola que no podía controlar sus impulsos de vampira. Está en la edad que cree que haciendo estas cosas controla su territorio. Le pedí no lo haga pero me agarró en momento desprevenido.

—¿Momento desprevenido? Yo diría que momentos desprevenidos. Estoy contando tres moretones en tu cuerpo. ¿Estabas durmiendo y ella se aprovechó de tí? ¿Estabas pepeado? No entiendo tu momento desprevenido. O sea yo te hago un chuponcito ahora mismo y te agarro desprevenido. ¿Cómo chuchas vas a decir que estabas desprevenido?

—Un momentito, Karla, ella me hizo esto sin mi permiso. No la pude detener. ¿Qué tienes?

—¿Qué tengo? Que vienes a mi cama todo chupadito por todos lados y después me dices que quieres me vaya contigo a Miami dejando toda mi carrera y vida. Éso se hace con alguien que está comprometido en serio. No con alguien que viene a pachamanquearse de lo más lindo con todas las mujeres que puede y de ahí desea formalizar algo.

—¿De dónde viene todo esto, Karla? Si recuerdo bien, quien no quería una relación seria eras tú. Conoces mi historia en su totalidad. He confiado absolutamente todo contigo. Antes que yo pise tierra en Lima, ya sabías que venía en son de pichanga. Yo no estoy buscando algo serio en estos instantes y si se me escapó un comentario de llevarte conmigo a Miami es porque me siento totalmente apaciguado contigo. Acabamos de hacer el amor muy apasionado. Admito, me encanta estar contigo, pero no hemos hablado de algo fijo. Y si sigo recordando, yo te conté que tenía amistades femeninas a quienes iba a visitar. No te engañé con éso tampoco.

—No es para que me lo tires en cara tampoco.

—¿Y? Disculpa si se me escapó alguna sugerencia de convivencia contigo. Momento de debilidad me imagino. Creo me voy. Me equivoqué la verdad.

Francisco empezó a buscar su ropa que había desparramado por el cuarto. Karla lo veía vestirse sin darse cuenta que algunas lágrimas estaban brotando de sus ojos. Francisco respiraba sonoramente mientras se ponía su ropa. El respirar fuerte era algo que solía hacer cuando se enojaba. Muchas personas se lo habían dicho en el pasado pero ya ni importancia le daba. Fueron varios segundos sin que se dijeran algo. Karla ya no aguantaba el silencio.

—No te vayas por favor—suplicó Karla.

—Corazón mío, no te voy a mentir. Todo este mes he pensado varias veces en una realidad la cual estamos como marido y mujer. Eres de la Puta Madre. Eres la mujer con quien mejor me he llevado. Ni con Mónica tuve una comunicación tan abierta y profunda como contigo. Ninguna mujer que ha estado conmigo la verdad ha sido como tú. Pero si recuerdo algo que me comentaste muy seriamente antes de llegar. No sé si lo recuerdas tú, pero me dijiste que a Miami no te mudas porque no deseas empezar de cero ni salirte de tu zona de confort. Me aconsejaste varias veces que si deseaba casarme con alguien que fuera alguien que viva allá con las costumbres gringas. ¿Recuerdas éso? Me aconsejaste que no sea enamoradizo como lo he sido en el pasado. Tuviste mucha razón ahí. Todos tus consejos los he aplicado. Excepto contigo. No estoy totalmente seguro si estoy enamorado de tí o es la alegría de poder ser yo mismo contigo. Tampoco estoy empecinado en tener una relación a larga distancia que luego se desvanecerá justamente por la distancia. Es más, no creo estar listo para una relación sea acá o en la China. Me siento algo confundido. Y lo romántico de todo ésto, es que tú me conoces a veces hasta mejor que yo. Me conoces hasta las picazones de mis pies. Me lo has dicho incontables veces. ¿Qué si estuve con otras mujeres? Ya te sabes la respuesta. ¿Para qué engañarte? Discúlpame por llegar todo moreteado a tu cama. No volverá a suceder. Entiendo si deseas que me vaya y no te vuelva a escribir. Me dolerá lo admito porque eres mi mejor amiga, pero entiendo tu pensar. Conozco muy bien tu mecanismo gótico defensivo contra el amor. Me tienes hinchado los huevos con éso. Lo entiendo. No quería irme peleado contigo—respondió un sincero y abrumado Francisco.

—¡No te vayas!—imploró una emotiva Karla.

—¿Segura?

—Segurísima.

—¿Así después duela como mierda cuando me suba a aquel avión de regreso?

—Prefiero sentir ese dolor a pasar el resto de mi vida sin haber sentido todo lo que he sentido todo este tiempo. Tampoco deseo ser un zombie en vida. Todo bonito que me gusta lo gótico y negro, pero no soy de metal tampoco. Aunque no parezca me gustan las maripositas del amor así te haya dicho miles de veces que el amor no se hizo para mí y me hartan los hombres románticos.

—Recuerda yo suelo ser alguito romántico de vez en cuando.

—Eres un meloso de mierda y romanticón muchas veces pero eres mi huevón y te acepto como tal. ¿Qué más me queda pues? Si no es ahora que vivo todas estas cojudeces que comentan por ahí es amor. ¿Entonces cuándo?

—Puta que eres la mata pasiones number one que haya conocido en toda mi perra vida. Me haces cagar de risa, loca de mierda.

—Y tú a mí, huevonazo asnazo. Creo que me he hecho más loca gracias a tí. Hasta celos me han dado. Me llegas al pincho.

—¿Me odias?—preguntó un coqueto Francisco.

—Te odio con todo mi corazón—respondió apasionadamente Karla.

—¿Toda tu puta vida?

—¡Toda mi puta vida! Gracias por lograr esto en mí.

—La gratitud es toda mía. Tú me permitiste entrar en tu coraza. Sabiendo lo difícil que es lograr éso. Me dejaste llegar con una sonrisa en tus labios.

—Te voy a extrañar cuando me vaya.

—Yo también y lo sabes.

—Me voy a sentir solitario cuando no te tenga en mis brazos.

—Ya déjate de mamonadas románticas y échate a mi lado.

—Mata pasiones de mierda.

—Y así me odias.

— Y así te odio.

Con ésto, Francisco se desvistió de nuevo poniendo la ropa esta vez ordenada encima de una silla. Karla sonreía mientras observaba a su flaco echarse encima de ella y besarla de manera efusiva como era la suya y que ella aceptaba. Estuvieron varios minutos besándose y acariciándose. Los dos sabían que era la última noche que pasarían juntos. Por eso no escatimaban esfuerzos para hacer durar la sesión. Se podía palpar el cariño candoroso entre los dos. Karla bajó su calzón para permitir a Francisco penetrarla. Los gemidos típicos de ellos fueron inmediatos. Hicieron el amor dos veces esa noche antes de decirse adiós.

# PALOMA

Los gritos desaforados de Paloma retumbaron por toda la casa y fueron escuchados por algunos vecinos cercanos que pensaron por un segundo que algo sucedía, pero recordaron que su vecinita Palomita era conocida por emitir alaridos de felicidad cuando algo alegre para ella pasaba. Y ese algo alegre, era al fin poder abrazar efusivamente a Francisco, quien no esperaba aquella expresión vocifera pero era de esperarse. Paloma era hija de Isabel, vecina de la infancia de Francisco. Era una familia con la que Francisco compartió mucho en años pasados y él les tenía mucho aprecio. Con Isabel a pesar de ser unos años mayor que Francisco, habían logrado una amistad de niños y a pesar del tiempo se había mantenido. Isabel se casó con uno de los muchachos del barrio y tuvieron tres hijos: Paloma, Eduardo y Lizandro. Cuando Isabel contrajo matrimonio, un joven Francisco pudo regresar a Lima a atender la ceremonia. Fue una noche jovial la cual era muy recordada entre las familias. La razón del matrimonio tan repentino era obvia. Isabel estaba embarazada de Paloma. Y aunque muchos dudaban que aquella unión iba a durar, Isabel sorprendió a propios y extraños al mantener una familia unida. Francisco siempre los visitaba cada vez que llegaba a Lima. Isabel y su marido Pedro apreciaban aquellas visitas. Ellos conocían a Francisco desde pequeño y tenían varias anécdotas. Tomaban sus fieles cervecitas y la comida era infaltable. Muchas veces hicieron reuniones con los vecinos logrando que las noches fuesen bohemias. Francisco adoraba pasar horas con ellos. Entonces era muy común para Paloma desde que tenía uso de razón ver a Francisco en su casa. Francisco solía jugar con ella de niña y mientras crecía, frecuentemente mantenían comunicación mediante las redes sociales. Aunque en los últimos tres años se perdió algo de esa comunicación frecuente. Paloma fue una adolescente precoz. Perdió su virginidad a los 16 años con uno de los compañeros del colegio. Los revoloteos hormonales típicos de la edad hicieron que tuviera sus enamoraditos del colegio o del barrio como es normal. Lo malo era que aquellos chicos que lograron alguna intimidad con ella no la tomaban en serio que digamos. Paloma sufría de la típica inmadurez de su edad. Confundía palabritas calurosas amorosas con compromiso y creía mucho de lo que las novelas mostraban en pantalla. Creía en el amor eterno y que el primer hombre a quien se entregaría iba a ser el hombre para toda su vida. Fue aparatosa su caída cuando asimiló que esas ideas eran tonterías. Se dejó llevar por sus instintos de niña volátil logrando cometer sendos errores. A sus 22 tiernos años ya tenía dos hijos de dos diferentes padres, Samuel y Juan se llamaban. La gran suerte de Paloma fue que Isabel era su mayor apoyo y aunque hubo un momento dubitativo que se pensó en el aborto, las dos bendiciones de Paloma nacieron para ser la felicidad de la casa. Francisco se conocía estas historias muy bien. Había escuchado a Isabel comentar sobre sus nietos hasta el cansancio. Pedro que en ese momento dado deseaba asesinar a aquellos dos tipos que embarazaron a su hija, cada uno en su era, terminó aceptando sus nietos y muy dentro suyo deseaba tener más nietecitos pero ya no de Paloma, sino de sus hijos varones quienes crecían y ya daban sus primeros pininos en temas amorosos con las chicas del barrio. Francisco reía al escuchar las fantasías de Pedro cuando describía como les sacaría la mierda a sus yernos. La razón porque no lo hacía era por respeto a sus nietos y a los padres de sus yernos porque eran del barrio y conocía a los padres de ellos. Todo estaba bien acordado pues los hijos de Paloma recibían los pagos respectivos de manutención. Por lo menos en ese aspecto la situación estaba controlada. Cuando Francisco pasó visitando a Isabel y Pedro con Karla, no vió a Paloma porque ella se encontraba de paseo con sus bendiciones con familiares que viven en Chaclacayo. Cuando Paloma se enteró que Francisco había visitado, se puso triste porque no lo había visto. Lo bueno es que sabía que Francisco no demoraría en regresar por aquellos lares. Y esperó con ansias el día que Francisco tocara aquella puerta. Eran más de tres años desde que se vieron y ella deseaba mirarlo. La última vez que se vieron ella le dió un beso furtivo, el cual Francisco tomó como una travesura de chibola que le causó gracia. Francisco logró comunicarse con Palomita para concordar el día que pudiesen encontrarse. Ella le preguntó cuándo regresaba a casa. Francisco deseaba verla pues Paloma era de su agrado total. Su inocencia complementada con su gracia, preciosura, ternura y energía lograban que Francisco deseara pasar tiempo con ella. Antes de llegar a su casa, Francisco trajo los regalitos que compró en Miami para ella y sus hijitos. Para los niños consiguió juguetes de acción de Los Avengers y a Palomita le trajo un polo gracioso. Al abrir la puerta, Paloma no se contuvo para nada y dio el estruendo más alto posible que sus cuerdas vocales eran capaces de lograr para expresar toda la emoción que sentía al ver a su querido Francisco sonriente al frente suyo. Momento alegre para los dos.

—¡Qué emoción! Mucho tiempo sin verte, mi Palito— comentó muy emocionada Paloma llamándolo por el sobrenombre de su infancia.

—Lindo verte al fin, mi Mochito—respondió otro emocionado Francisco—Me contaron estabas de visita con tus familiares. Ya me hacía falta verte.

—¿De veras?—preguntó una ruborizada Paloma que no soltaba aquel abrazo apasionado.

—Eres mi Mochito y significas mucho para mí. Te lo he dicho miles de veces—comentó Francisco al instante que le daba un beso en la frente.

—Y tú eres mi forever crush. ¿No has olvidado éso, no?— preguntó Paloma mirándolo fijamente a los ojos.

—No hay forma de olvidar lo que me escribiste esa vez. Nadie en este mundo me ha amado en secreto y por tanto tiempo. Entiendo hay una diferencia de edad grande entre los dos, pero yo te he dicho lo hermosa y bella que me pareces. Cualquier hombre es afortunado estando contigo—dijo seriamente Francisco al quemar la mirada de Paloma.

—Al enterarme que estabas a punto de casarte lloré bastante. Claro que entiendo la distancia y nuestras edades, pero igual me dolió. Debo disculparme contigo porque me alegró demasiado que se haya terminado tu relación con esa colombiana porque me enteré que te afectó mucho. ¿Pero me entiendes, nó? Me dije a mí misma que ésta puede ser la oportunidad que me da la vida de al fin intentar algo contigo. Siempre quise algo contigo. No me importa si mis Padres no están de acuerdo—decía una Palomita tierna con la miraba baja—También entiendo que sola ya no estoy y para muchos hombres es tremendo obstáculo. Nadie quiere una mujer con dos hijos. Mucho menos a mi edad.

—No digas éso, mochito. Debes entender que los hombres demoramos en madurar. Yo a los 25 me hubiese asustado igualmente, pero cuando hay amor, nada de eso importa porque una pareja se apoya mutuamente para salir adelante. Y si la mujer viene con hijos, el hombre debe aceptar a la mujer con hijos. Tú estás muy joven para pensar en esas cosas—aconsejaba Francisco continuando con el abrazo. No se despegaban y acercaban sus rostros—Ya te he dicho antes que debes seguir estudiando para salir adelante. Estés conmigo o no, tú debes progresar para valerte por tí misma. Ya hemos hablado de ésto. No puedes esperar que un hombre te resuelva. Y lo sabes. Me has dicho tus planes y metas. La vida te pone la persona y en el sitio indicado en el momento indicado.

—Me encanta cuando dices cosas positivas. Me inspiras— sonrió Paloma que subió la mirada para acercar sus labios a Francisco.

—¿Dónde están tus hijos?

—Salieron con mis hermanos a la natación. Deseaba estar sola para tu llegada.

—¿En cuánto tiempo regresan?

—Tenemos tiempo.

—Me gustaría salir contigo a cenar, conversar y mucho más.

—Y lo haremos.

—Me gusta tenerte así. Nunca hemos hecho ésto.

—¿No recuerdas la última vez que nos vimos?

—Obvio que sí recuerdo. Pero éso fue un piquito. Me dejaste con ganas.

—Yo también me quede con ganas.

—Eres muy bella. No te miento.

—Y tú eres mi palito. Solo mío.

Francisco y Paloma se besaron candentemente. Se besaron como si fuesen amantes de toda una vida. Francisco lograba una fantasía suya pues le gustaba mucho Palomita. Siempre apreció su belleza. Paloma lograba la fantasía suya de besar al hombre a quien siempre idealizó como el perfecto para ella. A Francisco le agradó la manera de besar de Paloma que jugaba mucho con la lengua y chupaba sus labios. Tenía un aliento placentero y una destreza para excitar con sólo besar. Francisco empezó a sentir su cuerpo respondiendo a los avances sensuales. Paloma sentía que estaba dominando a su hombre. Ella sabía lo fácil que era para ella lograr aquellas reacciones masculinas y al escuchar los gemidos sutiles de Francisco se enorgulleció. Pensaba que ya era suyo. Con su mano derecha toco el miembro erecto de Francisco y los dos caminaron al sofá al mismo tiempo que los besos llenaban la sala de fulgor sensual. Llegaron al sofá, Francisco la posicionó encima de él. Paloma meneó la cadera para inspirar mayor excitación lográndolo instantáneamente.

—Te deseo tanto, mochito—jadeó un ido Francisco.

—No tienes idea cuántas veces he soñado tenerte muerto por mí. Así como te tengo ahorita. Besa mis senos, por favor—ordenó una firme Paloma.

Francisco besaba aquellos senos protuberantes con precisión, dedicación y pundonor. Alzó la blusa y removió el sostén para poder observar aquellos poemas de senos. Son unas tetas celestiales pensó Francisco. Los pezones rosaditos de Palomita llamaban de manera autoritaria los labios y lengua para estimularlos.

Francisco cayó preso de aquellos senos. La estimulación oral a sus senos era algo que levantaba los deseos sexuales en crescendo a Paloma. La mezcla de sentimientos y deseos lograron mojar su miembro. Para no desentonar el momento, Paloma desabotonó el pantalón de Francisco, bajó el calzoncillo para descubrir aquel pene erecto a su máxima expresión. Paloma bajó sus prendas y con una agilidad de gacela conectó los genitales y empezó a moverse frenéticamente. Francisco fue atacado como soldado en campo abierto, ignorando completamente que un francotirador lo tiene en la mira y dispara. La aptitud desenvuelta de Paloma para menear sus caderas lo sorprendió de manera grata y explosiva. Ni siquiera se dio cuenta que estaba jadeando altamente. Esa vagina lo tenía totalmente domado. Francisco quiso tocar algo, lo que fuera con las manos o tratar de pensar en otra cosa para dilatar lo obvio, pero no pudo ni durar dos minutos. El orgasmo fue esplendoroso. Tuvo demasiado destello que por un par de segundos, Francisco sintió una vena en el lado izquierdo del cerebro inflamarse. Pensó que si se moría en ese instante, mejor muerte no iba a tener. Fue algo asfixiante el orgasmo descubierto. Al abrir los ojos y recuperar su respiración, vio a una Paloma en un estupor mayor. Ya no era la niñita que vio crecer. Ya no era la adolescente a quien le aconsejaba que hiciera caso a sus padres. Era una Diosa.

—Éso es una bajeza. Yo no hubiese hecho esos comentarios ni de borracho o de chibolo. No tiene educación ni caballerosidad ese muchachito—dijo en voz alta un algo exasperado Pedro.

—Pero, papito, ya conoces muy bien a su familia. Los conoces. No son particularmente educaditos o mesuraditos. Es un clan de pastrulos—expresaba una animada Paloma.

—Estamos de acuerdo, hijita, pero en esta época con el feminismo en alza, no se necesita atender una universidad en Inglaterra. Es algo que los Padres deberían profesar a sus hijos—debatió Pedro—Nadie se puede expresar de una mujer de esa forma. Se puede debatir que esa morena es algo cuchitril pero sigue siendo una dama. Mi padre me enseñó a respetar a las mujeres. Y de mi boca jamás escucharás comentar algo de esa índole.

—Me encantaría saber qué tienes para comentar sobre las mujeres. Hasta donde yo sé, tú sólo tuviste un par de agarres en el colegio y tu pareja más longeva he sido yo. ¿De quién más puedes hablar? A ver. ¡Habla!—cochineó una sonriente Isabel logrando ruborizar a Pedro y la risa de los presentes.

—Bueno, en mi caso he sido extremadamente afortunado y bendecido de sólo haber tenido una relación seria que es mi amada esposa y mis opiniones son basadas en imaginación ya que no he vivido cosas similares y el respeto a mi familia es lo más sagrado que tengo. ¿Ya?—respondió un fastidiado Pedro sabiendo que su esposa le estaba tomando el pelo.

—¡Ay mi negro! Cómo me encanta saber que soy tu única relación en la vida—se deleitó Isabel abrazándolo cuando de repente le apretó el miembro masculino a Pedro—Pobre de tí que me entere de alguna travesurilla tuya o vea un chibolo que se parezca a tí. Ya sabes que te corto.

—¡Ya, ya! ¡No jodas!—dijo Pedro mientras se zafaba del apretón.

—Papito tiene razón, mami—comentó Paloma—Me parece sumamente desleal y de baja calaña que un hombre hable de esa manera sobre una mujer sea ex suya o pareja actual. ¿Qué opinas, Francisco?

—Bueno, yo estoy totalmente de acuerdo con Pedro y contigo. No he tenido la extrema suerte de haber tenido una sola relación en mi vida como tu Padre y por éso digo que nunca me vas a escuchar hablar mal de una ex mía. Ni siquiera de la susodicha que ya saben. Pero si me hubiese gustado ser como tu papá que con sólo una mujer hizo su vida y con sólo una mujer se morirá—expresó un sarcástico Francisco que miraba cómo Pedro se picaba.

—Chistoso te crees, no huevas—gruñó Pedro mirando a Francisco.

—No le hagas caso, papito. Para mí es increíblemente romántico que tú y mami han sido tal para cual por tanto tiempo. La cantidad es nada comparada a la calidad. Y ustedes han disfrutado un amor único y verdadero que es sinceramente envidiable por todos. Inclusive el palito lo envidia—dijo una suave Palomita que coqueteaba en silencio con la mirada a Francisco.

—¡No seas envidioso, oye gringo! De hecho que cambiarias a todas tus veinte enamoradas por una mujer como yo, envidioso—vociferó Isabel sarcásticamente mientras llenaba de besos a Pedro y lograba que Francisco se carcajeara juntamente con Paloma.

—Está bien. Está bien. Ninguna de mis veinte enamoradas se comparan al amor entre ustedes dos—respondió Francisco—¿Estamos?

—¿Ya ves, mi amor? Francisco no ha tenido la mujer que tú si tienes—coqueteó Isabel con Pedro.

—¿Y si te cambio por las veinte enamoradas del flaco?—bromeó Pedro.

—¡Oye idiota! ¡A ver pues, cámbiame por veinte chibolas!—gritó Isabel al darle golpes juguetones en los hombros a Pedro que hacían reír a todos—A ver si aguantan tus pedos o ronquidos, animal. ¡A ver pues, carajo! ¡Te devuelven en one, cojudito!

Todos se rieron.

—Mamita, no te olvides que vamos a salir a dar una vuelta con palito—interrumpió Paloma a la paliza graciosa de sus padres.

—Ya, hijita. Vayan con cuidado—ordenó Isabel.

—Vamos a caminar un rato y comer algo por ahí—dijo Francisco.

—Diviértanse. Se lo merecen—comentó Isabel.

—Me avisas cualquier cosita con Samuel o Juan—dijo Paloma.

—Sólo porque estas saliendo con alguien especial te cuido a tus bendiciones. Ya sabes—expresó tajantemente Isabel.

—Si, mamita. Lo sé y muchas gracias por eso—dijo Paloma.

Con eso Paloma besó en las frentes de sus Padres. Francisco abrazó a los dos y salieron juntos a la calle.

Agarrados de las manos caminaban Francisco y Paloma. La noche invitaba al romance. Estaban caminando por un parque donde era común ver varias personas de todas las edades disfrutar la noche ya sea con sus parejas, hijos, amistades, etc. Francisco se detuvo en un quiosco para comprar un par de Inca Colas y galletitas. Paloma consiguió una banquita para sentarse. Francisco se sentó al frente de ella e inmediatamente acarició el bello rostro sonriente de Paloma. Se miraron fijamente por algunos segundos.

—¿Qué piensas?—preguntó Francisco.

—Muchas cosas a la misma vez. Ya sabes cómo vuelan las mentes femeninas. Me imagino cosas que no han sucedido aun o me proyecto al futuro—respondió Paloma—Ya sabes que siendo madre soltera estoy al asecho constantemente sobre mi futuro y mis hijitos.

—Maduraste de golpe. Obvio que debes estar pensando sobre tu futuro en todo instante. Yo he visto chicas en situaciones similares como la tuya y que no lo asimilan y no maduran. Hay cada caso.

—Exacto. Mi deseo es criar a mis hijos de la manera correcta. Ya los tengo. No puedo volver al pasado. Nada de arrepentimientos. Tengo que ser inteligente el resto de mi vida.

—¿Piensas en tener un tercer hijo?—preguntó Francisco logrando una risa nerviosa en Paloma.

—Ni loca. Bueno, la verdad lo tuviese con el hombre perfecto hecho para mí. Si me desea como soy y desea construir un hogar. Pues ahí si—respondió Paloma acercando sus labios a los de Francisco.

—Acabo de darme cuenta que no sabes la razón de mi fracaso con Mónica. No te he contado el porque me dejó.

—De veras. No me has contado. Tampoco quería preguntarte porque me imaginaba si deseabas decírmelo, pues me lo dices y ya.

—Ella deseaba tener un hijo conmigo.

—¿Y tú no?

—Obvio que sí. Lo intentamos por años y nada. Entonces nos fuimos a hacer exámenes de fertilidad. Los resultados salieron negativos en mí. Soy estéril. Conversamos y pensamos en adopción. Pero no. Ella decidió que no. Prácticamente me lanzó la bomba en mi cara y ese es el motivo porque estoy soltero y sabroso en el presente.

—¡Qué cagona esa huevona!—comentó Paloma de manera estridente—Cuando uno quiere a una persona, se le quiere fértil o no. ¡Qué hija de puta! Perdóname, palito, pero yo ni loca te dejaría por eso. ¡Qué mierda! Yo pensaba en un momento que tú la habías cagado con otra chica o algo así. No me imaginaba esto. ¡Puta Madre! Si antes la detestaba, ahora la odio. ¿Cómo diablos pudo hacerte ésto? No entiendo. ¿Y con ella te ibas a casar?

—Ya te imaginas lo destruido que estuve. Era como que mi masculinidad no sirviera. Me jodió la verdad. Muchísimo. No creo estar preparado para una relación todavía. No estoy seguro. Me ha tomado bastante tiempo sacudirme.

—Te entiendo, mi palito. Yo no te haría sufrir. Lo contrario. Deseo tenerte empapado de mí como esta tarde. ¿Te gustó?

—Me fascinó, mochito. Casi me matas.

—Te iba a pedir que compres caja de condones, pero veo ya no es necesario y mejor. Te sentí tan rico dentro de mí—susurró Paloma antes de besar a Francisco en los labios.

—Te deseo demasiado. ¿Par de horas solitos y encerraditos?—preguntó Francisco en la oreja de Paloma.

—Vamos donde tú quieras.


Francisco y Paloma se encaminaron a un hotel cerca del parque que estaba algo escondido. Un hotel cómodo y limpio. Ordenaron un cuarto con lo básico como es costumbre. No tuvieron que hacer mucho preámbulo. Ni bien entraron, fueron de frente al grano. Se besaron y tocaron por varios minutos echados en cama. Se desnudaron al mismo tiempo causando risa entre ellos, pues se observaron por unos segundos. Esta vez Francisco tomó el tiempo necesario para estimular oralmente a Paloma con su técnica de lengua juguetona, la cual le sirvió para sumar puntos en el aspecto sexual. Los jadeos y gemidos eran delatadores. La comprensión fue profunda. Los orgasmos mutuos fueron intensos.

—Esta noche tengo una fiesta. ¿Te gustaría ir?—pregunto Paloma a Francisco mientras almorzaban juntos en un restaurante cercano.

Era un día apaciguador y alegre para los dos.

—Claro. Vamos. Tiempo que no voy a una fiesta—decía Francisco mientras acariciaba la cabeza de Juan que lo observaba atentamente.

—Vas a conocer a mi amiga Yessi. ¿Recuerdas te comenté sobre ella?—comentaba Paloma mientras daba de comer a su otro hijo Samuel.

Estaban acompañados por los dos hijos de Paloma en aquel restaurante.

—Mami, ya no quiero comer. Ya estoy lleno—protestaba Samuelito.

—No empieces. Termina todo el plato—ordenaba Paloma.

Francisco observaba fijamente el lado maternal de Paloma.

—Encuentro gracioso viendo a los niños que no quieren comer, especialmente los hombrecitos, pero cuando somos adolescentes queremos comernos el mundo. De chico tampoco me gustaba comer. Mi madre me puteaba por eso. Pero cuando fui adolescente me comía un cerro de comida. Tenía una hambre desaforada—comento Francisco sonriendo con los recuerdos— Mi padre decía que lo iba a llevar a la bancarrota con toda la comida que compraba para mi estómago. Por eso al ver chibolos que no desean comer, pienso entre mí que esperen a que tengan quince. Ahí querrán comerse hasta los platos.

—Mis hermanos fueron iguales. Ahora si no me aseguro se comen mi porción esos desgraciados—confesaba Paloma—Pero hasta que estos angelitos míos tengan esa edad, me tengo que mechar para que coman.

—¿Y esta amiga Yessi, desde cuando la conoces?

—La conozco par de años ya. Nos emparejaron en unos ejercicios de inglés. Estaba tomando clases y nos caímos bien rápidamente. Es mayor que yo. Es muy pero muy chévere. Es jovial, social, alegre y me hace reír con su humor sarcástico. Es bonita, chatita y buena onda. Te gustará.

—Me parece cool que tengas una amiga de ese calibre.

—Muchas de mis amigas del colegio se alejaron cuando quedé embarazada. Y otras cuando estaba en relaciones con Jorge.

—¿Cuál era Jorge?

—Mi papá—respondió un atento Samuelito.

Francisco y Paloma se rieron.

—¡Pero qué atento que estás, canalla!—expresó una sonriente Paloma.

—Tus Padres me mencionaron un espectáculo de un tiempo atrás. ¿Éso fue Jorge?—preguntó Francisco.

—Ése mismo—respondió Paloma con un suspiro.

—¿Conversación para otro momento?

—Por favor. Me gustaría tu opinión.

—Por supuesto, mi mochito.

—¿Qué cosa es un mochito?—preguntó incisivamente Samuelito.

—¡Que chismosito me salió mi pericotito!—exclamaba Paloma mientras cosquilleaba a Samuelito que se partía de la risa.

Francisco pensaba que esto era justamente lo que anhelaba. Familia feliz y momentos tiernos. De repente recordó aquella promesa propia de no enamorarse, pero Paloma y sus dos hijos estaban carcomiendo esa firme decisión. Los cuatro pasaron una tarde maravillosa. Saliendo del restaurante, caminaron a la plaza donde hay juegos para niños. Francisco se divirtió mucho viendo a los muchachos saltando como loquitos y haciendo volantines en la carpa saltadora. Paloma era feliz viendo las risas de sus tesoros. Francisco luego compró helados para todos. Paloma saludaba algunos vecinos conocidos que paseaban disfrutando aquella tarde soleada. Cuando la tarde llegaba a su fin, decidieron ir a casa. A Paloma le tocaba poner a los muchachos en cama y prepararse para la fiesta de la noche. Francisco igual debía darse un baño y arreglarse. Estaba interesado en atender aquella reunión, pues ya hacía un tiempito que no asistía a alguna. Cuando se despidieron, Paloma llevó a Francisco a un rincón escondido de la casa para besarse y toquetearse furtivamente. Francisco se encandilaba velozmente con tan sólo un beso o caricia de Paloma. El efecto de ella era eficaz en él. Cuando llegó al cuarto donde se estaba hospedando, tuvo que masturbarse para desinflar aquella erección terca y poder relajarse un rato antes de volver a salir.

—¿Cómo me veo?—preguntó una espectacularmente radiante Paloma.

Francisco sólo atinó a mirar abajo para mostrar otra erección delatadora y rebelde a Paloma. Ella lo notó y lanzó una sonrisa vencedora.

—Me gusta tenerte así—susurró Paloma en el oído de Francisco.

—Me estas excitando como si estuviese tomando chuchuwasi y viagra al mismo tiempo, condenada—exclamó un acalorado Francisco.

—Esa es la idea, mi mochito esclavizado—dijo una deleitada Paloma.

—Par de tortolitos, váyanse de una vez antes que tus bendiciones no te lo permitan—ordenó Isabel mientras se acercaba a ellos.

—¡Gracias, mami! Al fin voy a relajarme un rato—dijo una agradecida Paloma.

—Agradece a la visita. Ocasión especial. Ya me devolverás el favor—comentó Isabel mientras le daba un beso a su hija en la frente.

—Cualquier cosa me llamas al celu, madre.

—Tranquila, hija, diviértanse.

—Te veo mañana, Isa—se despidió con un beso en la mejilla Francisco.

—Cuídense de los choros, por favor—ordenó Isabel.

—No te preocupes, mami. Le ven la cara de criminal a Palito y se van corriendo—bromeó Paloma causando la risa entre los tres.

Agarrados de las manos, los dos se fueron a conseguir un taxi. La fiesta no era muy lejos. Estaba a quince minutos. Dentro del auto, los besos obsesivos de la parejita exuberante duraron casi todo el trayecto. En la cercanía de la casa, Paloma detuvo el besuqueo para pintarse los labios de nuevo. Francisco pagó la cuenta del taxi al llegar a la casa de la fiesta. El lugar se veía animado. En ese instante la gente estaba bailando y cantando una canción de Soda Stereo. Fue algo agradable para Francisco. Paloma saludaba algunos de los fiesteros con regocijo. Todos expresaban el largo tiempo sin verla. Francisco escaneaba al gentío a ver si conociera alguno, pero no fue el caso. Todos eran menores y desconocidos. Paloma agarró su mano para dirigirse dentro de la casa donde saludó a otras personas. Todas promediaban su edad. El ambiente era jolgorioso. La típica vista de jóvenes disfrutando de la música, tragos y cigarros. Fue entonces cuando Paloma mandó otro de sus gritos usuales emotivos al ver a su amiga Yessi quien corrió a sus brazos ni bien cruzaron miradas. Su amiga Yessi era como la había descrito. Una chica con faz bonita, de corta estatura y sonrisa coquetona. Estaba usando un vestido que pronunciaba sus órganos femeninos de manera protuberante. Francisco no estuvo ajeno a esa observación. Estaba acompañado de un tipo de baja estatura con mirada fija, cara amable y con un cuerpo que delataba su rutina de gym. Paloma abrazó efusivamente a los dos. Se veía mucha familiaridad y cariño entre los tres. La conversación no fue escuchada por Francisco gracias a la estruendosa música. Yessi cargaba una botella de cerveza en la mano y le hizo un ademán para salir afuera. Paloma agarró de la mano a Francisco y juntos salieron al patio para poder conversar mejor.

—Así que este es el famoso Palito que tánto me has comentado—exclamó Yessi mientras saludaba a Francisco con un beso en la mejilla—No tienes idea cuánto me ha comentado Palomita sobre tí.

—Mucho gusto. Ella también me ha contado algo sobre tu persona—comentó Francisco amablemente—Gracias por ser su mejor amiga.

—Es como mi hermana la huevona ésta—expresó Yessi—Hay que días que la amo y hay días que deseo estrangularla. Media turuleca se pone a veces.

—¡Calla, cojuda!—dijo Paloma jocosamente.

—Te presento a mi gran amigo conocido como El Chato—dijo Yessi mientras los dos hombres se daban un apretón de manos.

—¿Qué tal, compadre? Mucho gusto—dijo Francisco.

—Igualmente. ¿Vasito?—ofreció El Chato a Francisco y llenó el vaso de cerveza.

—¿Cómo están haciendo? ¿Hay chelas dentro o hay que comprar aparte?—preguntó Francisco mientras tomaba un sorbo.

—Yo tengo pagada media caja de la bodega de allá—señalo El Chato a una bodega situada al frente de la casa—No me gusta gorrear de otras personas y tomo con quienes tengo confianza. Nada de aires, pero ya tú sabes cómo pueden comportarse los chibolos cuando ya están en tragos.

—Vamos y pago la otra mitad y así conversamos un rato. ¿Te parece?—preguntó Francisco que encontró al Chato asintiendo y se disculparon con las chicas para caminar a la bodega del frente.

—Cuéntame, huevona. ¿Qué ha pasado entre ustedes?—preguntó Yessi a Paloma mientras veían cómo Francisco y El Chato se marchaban a la bodega.

—¿Qué ha pasado? Más bien. ¿Qué no ha pasado?—exclamó una emocionada Paloma—mis pensamientos románticos de niña se han hecho realidad. Yo te he contado que Francisco me gusta desde chibola. ¡Ay, Yessi! Estoy tan contenta. Hemos hecho de todo y es tan emotivo. Es lindísimo, súper atento, tremendo amante y maduro obviamente.

—No olvides que vive lejos. Tampoco olvides tu situación con Jorge. Me parece que no le has contado éso. ¿Me equivoco?

—Por Dios. ¿Qué le voy a contar? Cuando estoy con Palito me olvido del mundo. Es como un sueño hecho realidad. ¿Entiendes?

—Claro que te entiendo, mi Paloma de la paz. Te veo feliz y eso me emociona, pero tú misma lo has dicho. Es un sueño y por nadie del mundo deseo verte sufrir. Y veo que te estás olvidando de tu situación actual. Me preocupa éso. Estás actuando como chiquita enamorada sin ver las repercusiones de sus actos. ¿Si Francisco se enamora de tí y se entera de tu secreto, qué crees que pasará con él? ¿Has pensando en éso? No es cualquier cojudez lo que hiciste y lo que estás haciendo. Si lo de Francisco es sólo choque y fuga, bueno, te entiendo y te lo mereces, pues huevona. Él se regresa a su país. Y tú te quedas acá y debes lidiar con tus problemas. ¡Carajo! Ya parezco tu mamá.

—¡Puta Madre! No sé qué voy a hacer—dijo de manera cabizbaja Paloma mientras abrazaba a su amiga.

—Esta simpático tu patita. Ahora veo porque no me contestabas estos días.

—Y es bueno en la cama te cuento. Tiene esa madurez que chicos de mi edad todavía no tienen. Me encanta.

—No eres la única, querida.

—Me va a odiar cuando se entere. Quizás ya ni me hable—dijo con tristeza en su voz Paloma.

—No te hagas un mundo. Es hombre. Ellos piensan con el pipi en la mano.

—Es que hace poco tuvo una decepción amorosa que le chocó fuerte.

—¡Con más razón, pues huevona! ¿Tú crees él está buscando relación seria en estos momentos?

—No hemos conversado de eso.

—Los hombres demoran en ponerse serios muchas veces. Pueden tirar con quien quiera y cuantas veces se pueda. ¿Crees eres la única? Hasta yo me le puedo lanzar y no me rechaza. Yo no creo este buscando algo serio y de larga distancia especialmente si es verdad lo que me cuentas que acaba de salir de una relación larga que lo tuvo depresivo. ¿Han hablado de algo duradero?

—¡Que nó! Ni siquiera me he atrevido a contar lo que sabes. Me gusta muchísimo pero tengo dos hijos y es un tema lo demás.

—¿Ves? SI no le has dicho tu vaina. ¿Crees te va a tomar en serio como tánto deseas?—preguntó una determinada Yessi.

—¡Ay amiga! Tienes razón. Vine para olvidar todo y ahora me estalla la cabeza. La verdad tiene derecho de estar con quien quiera. Hasta contigo. Nos hacemos hermanitas como hablamos aquella vez mientras nos burlábamos de Janet con Melinda que estuvieron con el mismo hombre—dijo riéndose Paloma.

—Ponte seria, tarada. Me parece excelente que estés pasándola rico con alguien a quien tú quieres de mucho tiempo, pero mi opinión es que mantengas los pies en la tierra porque él se va. Él no se queda en Lima. Y no quiero verte llorando como una Magdalena como te ví por el baboso de tu marido. ¿Estamos?—dijo seriamente Yessi apuntando con un dedo a Paloma.

—Cállate que ya vienen—ordenó Paloma al ver que Francisco y El Chato se acercaban a ellas con unas botellas de cerveza.

—Aquí están heladitas como te gustan, mi chata—expreso El Chato mientras servía un vaso para Yessi.

—Gracias, mi Chato del alma—dijo Yessi antes de tomar un sorbo.

—¿De quién es el cumpleaños?—preguntó Francisco.

—De Jimmy. Él es un tipo que viene de Estados Unidos como tú. Vivió allá mucho tiempo, hizo su dinero y volvió para establecerse acá. Puso negocio con la familia y le va bien. O sea, lo justo. Vive en esta casita chévere y vive vida de soltero dicen. No es pretencioso y ostentoso como suelen ser algunos que vienen del extranjero. Es tipo centrado y gentil. Como tú. Te caería bien—contó El Chato.

—¿Cómo lo conoces?—preguntó Francisco.

—Yo viví una época con él allá en Virginia Beach—dijo sonriendo El Chato.

—¡Ah carajo! No conozco. ¿Y por qué te regresaste?— cuestionó Francisco.

—No conseguí legalizarme y tampoco deseaba vivir paranoico que en cualquier momento me regresaban a patadas a beautiful Lima. Sabes muy bien lo que se extraña el Perú viviendo en el extranjero. Te pregunto: ¿Si tuvieras el chance de regresar a vivir aquí con justas finanzas, lo harías?

Francisco se quedó callado unos segundos. Aquella pregunta no se la habían hecho nunca. Fue algo inesperado y motivante al pensamiento. Era obvio que amaba su país natal, pero su vida estaba hecha en Miami. El Chato lo observaba con una sonrisa en la cara porque sabía que lo había clavado como francotirador con aquella pregunta. Paloma lo veía detenidamente esperando su respuesta. En su mente se dibujaban escenarios positivos y esperanzadores. ¿Quién sabe? ¿Quizás un futuro juntos? Quizás la respuesta de sus preguntas. Quizás una paz interna. Quizás la resolución de sus errores. Quizás otros hijos. Quizás paz para sus padres. Quizás y muchos quizás. Los tres estaban a la expectativa de la respuesta de Francisco cuando de repente.

—¡Paloma! ¡Por favor, amor mío! Necesito conversar contigo. Por favor—suplicó un joven de mediana estatura y con efectos de alcohol.

—¿Qué mierdas haces aquí? ¿Por qué sigues jodiendo?— cuestionó una exasperada Paloma.

—Jimmy me invitó. No pensé verte aquí. Pero salí a comprar cerveza y te veo acá. No tienes idea cuánto necesito me perdones. Tampoco deseo hacerte escena de telenovela, pero te pido por favor me escuches—dijo casi arrodillándose el joven desesperado.

—No es el momento. ¿No ves estoy con amigos?—vociferó Paloma.

—Ya no aguanto tu desprecio. Lo que te prometí lo cumplí. Te lo puedo mostrar. Ven conmigo y lo verás—dijo determinado aquel joven.

Ni bien dijo eso, Paloma aguantó la respiración por un segundo. Esa muestra la hizo tomar un par de pasos hacia atrás.

La tierra estaba rotando en su eje demasiado veloz para ella. Pensó que la cerveza la estaba mareando pero sólo había tomado un sorbo. En eso volteó y vio la cara preocupada de Francisco. El corazón de Paloma latía a mil. Su cuerpo y mente no estaban conectados gracias a la inmensa confusión. De repente las ganas de llorar fueron incontrolables. Se tapó la cara con las manos para no mostrar su angustia. Entonces Francisco se acercó a ella y puso las manos en sus hombros.

—¿Quién es él, Paloma?—preguntó serenamente Francisco.

—Jorge—susurró Paloma mientras sollozaba.

—¿Deseas ir con él?—preguntó Francisco de manera consoladora.

—Si—respondió Paloma con voz bajita inundada del llanto.

—No te preocupes por mí. Yo sé regresar a mi hospedaje. Además tengo cervezas acá y me quedo con tus amigos—respondió tranquilamente Francisco—Me imagino no demoras.

—No creo demorar. Es cerca. No entiendes la promesa que acaba de cumplir. Por éso necesito verlo con mis propios ojos—dijo una Paloma rota en lágrimas.

—Haz lo que tengas que hacer. Yo te espero—ordenó Francisco.

—No me odies, por favor—suplicó Paloma.

—Jamás—respondió Francisco mientras suspiró y la abrazó fuertemente.

Cuando el abrazo terminó, Paloma lentamente se acercó a Jorge quien agradeció de lejos a Francisco. Quiso agarrar la mano de Paloma y ella no le acepto el gesto. Jorge no quiso batallar y solo prosiguió en seguir a Paloma. Caminaron lentamente hacia la otra dirección de la casa. Francisco los vio alejarse. No parecían comunicarse mucho. Los dos caminaban como si estuvieran yendo a la horca.

—Esa huevona ya no regresa. Te lo firmo—dijo tajantemente Yessi.

—¿Estás bien, hermano?—preguntó un consternado Chato.

—¿Qué te puedo decir?—comentó algo triste Francisco.

Pasaron algunos días para recibir noticia de Paloma, pues nunca regresó a la fiesta. Francisco leyó el mensaje que le rogaba por una reunión. El mensaje fue recibido mientras descansaba. Paloma le pedía reunirse en Megaplaza para comer algo juntos y conversar por la tarde. Francisco pensó y pensó minutos en su respuesta. Era momento de meditación interna. Analizó sus sentimientos profundamente. ¿Qué sentía por la preciosa Paloma? Le había otorgado momentos alegres y apasionados ciertamente. Tenía un talento descomunal para descomponerlo sexualmente comprobado al cien por ciento. Su familia era conocida y apoyaba cualquier decisión positiva. Su inocencia era maravillosa. He ahí la advertencia. Su inocencia. Aquella inocencia celestial camuflaba su confusión y al mismo tiempo confabulaba en su contra alimentando inmadurez que era obvio desaparecería con la experiencia de los años. Todo un dilema. Francisco estaba totalmente enterado de la situación que Paloma deseaba explicar. Ya había tomado una decisión y había tomado previsiones para mitigar cualquier decepción. Su promesa interna seguía firme. Volvió a leer aquel mensaje del WhatsApp y optó por responder de manera cortés y positiva. Aceptaron encontrarse mutuamente para cenar y conversar. Paloma sugirió hacerlo sin sus hijos para poder dialogar sin ninguna distracción. Francisco programó su alarma antes de tomarse una siesta. Había tenido una noche larga. Cuando despertó, se arregló lo mejor que pudo y fue a buscar su taxi.

Cuando estaban frente a frente, Francisco y Paloma se abrazaron intensamente. Era un abrazo con mucho sentimiento. Francisco propuso comer hamburguesas de Bembos pues sabía que eran del deleite de Paloma. Ordenaron sus favoritas y buscaron donde sentarse. El patio de comida estaba poblado como siempre con centenares de familias, amigos y parejas. Les tomó unos segundos encontrar asiento mientras Francisco cargaba la bandeja con la comida.

—La verdad pensé por un rato que no me ibas a contestar. Pensé que no deseabas verme ni en pintura—dijo Paloma con voz sigilosa.

—Te voy a ser sincero. Estuve a punto de no responder. La verdad ni sabía que opinar o hacer. Ni sabía que sentía—expresó Francisco—Pero para mí no eres cualquier chica. Eres alguien que conozco desde niña y mis sentimientos hacia tu persona son legítimos y gigantes. No quería irme sin verte aunque fuera otra vez. Así sea por un ratito. Necesitaba aclarar cosas contigo. Necesitaba que me expliques tus cosas y escucharte. Tal vez como amigo. Lo que sea.

—Te entiendo. Me sentí como una mierda por estos días. No te mereces un desplante de esta forma. Mucho menos después de lo que pasaste. No tienes idea como lloré y lloré—dijo una melancólica Paloma.

—No metas en la conversación lo que yo viví antes de venir. Éso ya es cosa del pasado y no tiene nada que ver contigo. Nada. Tú me ocultaste que estabas casada con Jorge. Bueno, yo la verdad no importo, pero se lo ocultaste a todos. Inclusive a tus padres. Me imagino ya saben. ¿Si?

—Si ya saben. Ya te imaginas la puteada que me dieron.

—Obvio. ¿Acaso no te lo merecías? Entiendo que Jorge es el Padre de Samuelito. Entiendo es el amor de tu vida. Entiendo que estaban peleados por meses. Lo que no entiendo es cuál fue su promesa. Y no te estoy reclamando por si acaso. Deseo escucharte como amigo ya que me pediste vernos.

—Como ya sabes, estuvimos peleados por meses porque me fue infiel. Le encontré mensajitos en su WhatsApp y me enfrenté con la chica ésa. Él me había prometido cambiar sus defectos que odiaba como dejar de ser vago. Me prometió que iba a estudiar y trabajar. Me prometió que iba a dejar de hablarse con esa chica. Me prometió que iba a conseguir un lugar para vivir los cuatro. Yo, mis dos hijos y Jorge. Me prometió demostrar que lo sucedido con esa chica fue un error de borracho y que no estaba en sus cabales. Me prometió ir donde mis padres y confesar nuestro matrimonio secreto. Y sobre todo, su promesa mayor era conseguir anillos de compromiso reales. Los que usamos en la boda fueron prestados. Yo no le creía nada de nada. Y dejé de hablarle.

—¿Están viviendo juntos?—interrogó Francisco.

—Todavía no. Estoy pensándolo. No deseaba hacer eso hasta que conversáramos nosotros. Siento te he fallado.

—Mochito de mi amor, lo único que tuviste que haberme dicho era tu situación marital. Yo te hubiese entendido como te estoy entendiendo ahora. Con todo lo que me cuentas, ya no veo a Jorge como un fracaso.

—Esa noche me llevó al lugar que está rentando para vivir juntos. Me mostró las conversaciones con la chica esa y era claro que ella lo estaba acosando. Inclusive logró que ella escribiera cómo se aprovechó de su borrachera. Me hizo leer todo. Me hizo ver sus talonarios de pagos del trabajo que ha conseguido y su matrícula para universidad. De veras se ha esmerado estos meses. De ahí me sacó los anillos de compromiso y no lo podía creer. Llamó a sus Padres para que llegaran. Viven algo cerca de aquel sitio y nos acompañaron a conversar con los míos. Por éso ya no regresé a la fiesta. Todo fue demasiado rápido y agobiante. Pensé que ya lo había olvidado del todo. Me estaba engañando a mí misma. Cuando llegaste tú, me emocioné con un nuevo empezar. Muchas ideas entraron en mi cabeza. Eres prácticamente mi amor platónico. Lo eres. Pero también sé que tú no vives acá. Nunca conversamos de tener una relación legal y claro que para hacer éso tendría que divorciarme. Yo no estoy sola. Tengo a mis hijos. Pero no vives aquí y te vas a ir. Tengo una prima que me contó que para irme a Estados Unidos como esposa contigo es otro tema complejo por mis hijos y todo eso. Mi mente reventaba y mi corazón está roto de sólo pensar que te hice daño—mencionó Paloma mientras unas lágrimas empezaron a brotar de sus ojos.

—Mochito de mi alma, no tienes por qué mortificarte. Lo que hemos vivido juntos fue espectacular. No tienes idea lo que me enloqueces. Pero hay algo que no estás viendo. Mis sentimientos son puros contigo. Yo te deseo feliz, sea conmigo o nó. Tienes razón al decir que quizás no estoy preparado para una relación a larga distancia en estos momentos y mucho menos con alguien que tiene una atadura emocional. Yo estoy bien. Me estoy divirtiendo en mi ciudad. Estoy de vacaciones. Estoy saliendo con amistades y familiares. Todo está Okay. Esa noche me quedé hasta tarde con tus amigos. Yo soy agente libre totalmente. Te lo repito, me estoy divirtiendo como nunca lo he podido hacer. No deseo ser ninguna piedra en tu camino tampoco. Y te puedo asegurar que lo nuestro es de toda la vida.

—¿Toda la vida? No te entiendo—dijo una confusa Paloma.

—Me refiero que esta atracción nuestra no muere en este instante. Nosotros tenemos esta atracción poderosa desde siempre. Desde otras vidas. Creo sientes lo mismo que yo. Pueden pasar los años y nosotros aún sentir algo.

—¿De veras, nó? Yo creo que te idealizado tanto que a veces te he buscado en enamorados que he tenido. Tengo muy entendido que cada persona es diferente, pero admito haberte buscado en otros hombres. Jorge y Alfonso son los padres de mis hijos y los he querido, a Jorge mucho más, pero lo que siento por tí es algo que me motiva a creer en el amor.

—Yo admito que no esperaba la intensidad nuestra para hacer el amor y admito me fascinó muchísimo. Eres fenomenal, Palomita. Decidas lo que decidas en esta vida te apoyaré, pero debes pensar siempre en tus hijos y madurar. Tienes que estudiar y progresar. Éso debes tener bien presente.

—Ya pareces mi papá.

—Soy tu papacito mejor dicho.

—Loquito.

—Tus besos me enloquecen.

—¿Puedo preguntar quién fue la vampira que te dejo ese moretonazo en tu cuello? Sé que no tengo ningún derecho pero me mata la curiosidad.

—Créeme es mejor que no lo sepas. Hazme caso.

—¿Cuándo regresas a Miami?

—En tres días. Te voy a extrañar.

—Yo también.

—Come tu hamburguesa antes que se enfríe.

Francisco y Paloma comieron sus hamburguesas en total armonía. Rieron mucho y conversaron de todo un poco. Francisco le confesó algunas travesurillas cometidas. Hablaron como amigos y se aconsejaron mutuamente. Fue una velada especial. Al terminar la cena, caminaron juntos agarrados de las manos. El amor entre los dos era auténtico. Francisco le invitó unos vinos para alegrar la noche. La brisa de la noche era suave y acogedora. Se besaron bajo la luna romántica con la acostumbrada pasión entre los dos. Paloma le pidió sentirse de nuevo. Francisco no necesitaba mucho convencimiento. La llevó a su cuarto y de manera tempestiva se desnudaron como dos locos impacientes e insaciables. Francisco se posicionó encima de ella. Paloma apretó su cuerpo hacia él. La tensión cortaba el aire. Se detuvieron por unos segundos antes de entregarse al frenesí descontrolado para observarse. Había sentimiento paradisíaco entre los dos. No lo podían dudar ni negar. Era algo maravilloso de vivir y algo que pudiera ser eterno. Sin necesidad de palabras los dos sentían lo mismo. Entonces Francisco y Paloma hicieron el amor por última vez.

# YESSI

—Esa huevona ya no regresa. Te lo firmo—dijo tajantemente Yessi.

—¿Estás bien, hermano?—preguntó un consternado Chato.

—¿Qué te puedo decir?—comentó algo triste Francisco.

—¿Salud?—dijo de manera algo cómica El Chato al ofrecer un vaso con cerveza a Francisco quien lo aceptó sin titubeos.

—Esa cojuda es bien rayada. Parecía La Llorona después que ese tipo la cuerneó. Se había prometido que no lo iba a perdonar y que iba a seguir adelante por la vida. Hasta escribió en un cuaderno sus metas y decía que iba a encontrar un hombre bueno que no la haría sufrir como sus pasados. Tiene la cabeza llena de huevadas esta flaca. ¡Puta Madre me enoja!

—¿Jorge le puso los cuernos?—preguntó Francisco a Yessi.

—¡Siiiiii! Es un puto y todos lo sabemos pero ella no—chilló Yessi.

—¿Quién es Jorge?—preguntó El Chato de manera inocente.

—Es el Padre de su segundo hijo—informó Yessi.

—¿Cuántos hijos tiene tu amiga?—cuestionó El Chato.

—Tiene dos hijitos lindos—informó esta vez Francisco.

—¡Ah bueno! Entonces hay historia ahí—comentó El Chato—Contra eso ningún tipo puede competir. ¿Salud?

—¡Salud, compadre!—brindó Francisco—Es verdad. La historia que Palomita tiene con ese Jorge es algo profundo dado que dio un fruto. Ella me comentó algo de esa historia pero no me dijo la razón de su pelea.

—Me imagino tampoco te dijo que se casaron en secreto—vociferó Yessi mientras tomaba su vaso motivando las reacciones sorpresivas de ambos hombres, especialmente de Francisco.

—Voy a traer el resto de la caja de una vez. Ésto se puso bueno—comentó El Chato antes de regresar a la tienda.

—¿Se casaron? ¿Cuándo?—preguntó un sorprendido Francisco.

—Por favor no le cuentes a nadie. Sólo para tí—ordenó Yessi.

—No es mi lugar contarle a alguien, Yessi.

—Este par de huevas se casaron el año pasado. No sé qué mierda pasaba por sus cabezas, no me preguntes porque no sé, o sea yo de cojuda fui testigo. Yo de alcahueta. Ella me dijo que iban a buscarse dónde vivir y todo éso, pero pasó lo de la infidelidad del patita y todo se fue al carajo. Si se supone que el matrimonio es de esa forma, entonces mañana mismo me caso con el primero que me diga cosas bonitas en la cara. Para eso mejor me pongo un cartelito en el pecho diciendo: se busca marido. Más tiempo dura una enfermedad mortífera que el matrimonio de ellos dos. Más leal es mi perro ciego que ese Jorge. Me doy.

—¿Tienes un perro ciego?—preguntó un curioso Francisco.

—Sí. Se para sacando la mierda golpeándose con las cosas en la casa y lo puteo porque me olvido que es ciego pero me quiere ese perro por más perro que sea. Éso es amor, carajo. Más le grito, más me quiere. Todo un cliché—expresó Yessi causando una risotada en Francisco.

—¿Quién fue el otro testigo?—curioseó Francisco.

—El mejor amigo de Jorge. ¡Otro huevas! Toda la ceremonia y celebración que tuvimos entre los cuatro se la dedicó a gilearme. Según su plan grandioso iba a ser lo máximo que los cuatro fuéramos dos parejas felices y ejemplares. Total tarado de veras. No era mi tipo para nada. Yo estaba más incómoda que hombre a punto de recibir su primer examen de próstata—expresó una animada Yessi—Encima tuvo la desfachatez de querer besarme cuando ya tenía tragos encima. Le di un cachetadón que le giré la cabeza estilo Reagan en El Exorcista. Demonio se me puso el cojudo. ¿Por qué los hombres se ponen intensos cuando están alcoholizados? O sea, no entiendo.

—Bueno—pensó un ratito Francisco antes de responder— Se dice que el alcohol te quita las inhibiciones. Entonces te atreves a hacer cosas que sobrio no harías. También existe el dicho que los borrachos no mienten. Pero la verdad es que más probable nos inspira a cometer torpezas para luego culpar al alcohol.

—¡Carajo, me hueveaste! He hecho esta misma pregunta a varios hombres y eres el único que me ha respondido sensatamente. Perdón, El Chato también me respondió sensato. Eres el segundo—dijo una sorprendida Yessi—El resto inventan huevadas que el alcohol es una vitamina para sus cerebros, que es un motivante para grandezas artísticas, que les hace Dioses sexuales y cojudeces de ese estilo. Yo sólo me rio. Pero tú me has sorprendido. Gracias.

—¿Cuánto tiempo llevan juntos con el Chato?

—¿Yo con El Chato? Nada que ver. Somos muy buenos amigos. Es amigo de la familia de hace tiempo. Es mi compañía de vez en cuando sale algo como esta noche. Tiene su cuestión con una mujer alta. Se ven chistosos.

—Se ve buena gente.

—Es un tipazo El Chato. Es muy conocido en muchos barrios. Hasta han escrito cuentos de pasajes de su vida.

—¿En serio? ¿Dónde?

—Así dice y le creo. La verdad no sé.

—No tengo idea sobre ustedes, pero yo tengo alguito de sed y deseo que la noche se alegre un poco—inspiró un alegre Chato cargando una caja entera de cerveza acercándose a Francisco y Yessi—Compre un parcito para completar y olvidar cualquier amargura previa. ¿Están de acuerdo?

—No pensaba tomar mucho pero amerita la noche—dijo Yessi.

—Yo tampoco, pero ya que me están torciendo el brazo, voy a tener que aceptar—respondió jocosamente Francisco.

—Esa es la actitud, hermano—felicitó El Chato a Francisco.

—Cuando uno ha tenido ciertas experiencias en la vida, creo ya pocas cosas te sorprenden o aprendes cómo reaccionar calmado. ¿No crees?—meditó Francisco logrando que El Chato asintiera con la cabeza.

—Me imagino que al igual en tu caso, yo he leído que las experiencias en todo aspecto de la vida, te dan dos opciones. Aprendes o nó. Hay personas que son positivas como hay personas en lo opuesto—predicó El Chato—Es decisión de cada persona el actuar después de una enseñanza mediante la experiencia. También existen los casos de personas que opinan están obrando de manera constructiva cuando la verdad puede ser lo opuesto. Cada uno crea su propia película. Y cada uno es el héroe y tiene su villano. Me gusta hablar de estas cosas.

—Ya veo. Muy interesante—concordó Francisco.

—Por eso me gusta salir con El Chato cuando no está con su alta. Llego a mi casa y me siento más inteligente, carajo—bromeó Yessi provocando la risa mutua.

—Yessi me cuenta que han escrito sobre tu vida—comentó Francisco.

—¡Ah, claro! Unas historietas y cuentitos en un libro—respondió El Chato.

—Interesante. ¿Puedo preguntarte como lograste éso?—preguntó un intrigado Francisco logrando una risa de El Chato.

—Salud primero y te cuento—brindó El Chato sirviendo un vaso de cerveza.

—¡Salud, mi Chatito corazón! ¡Blanquiazul forever!—exclamó una alegre Yessi.

Y con esas El Chato tomó su vaso seco y volteado, entregó la botella a Francisco quien se sirvió, entregó la botella a Yessi y prácticamente imitó al buen Chato. Las horas que se mantuvieron juntos los tres se hicieron amenas. Conversaron de todo un poco motivando risotadas y comentarios burlones. Cada uno contaba algunas anécdotas humorosas o dramáticas para alargar la noche. Consejos, bromas y comentarios en buena onda brotaron por doquier. Francisco opinó así mismo que la asistencia a esa fiesta a pesar de lo sucedido minutos antes, se estaba convirtiendo en una de sus noches más divertidas de sus vacaciones. El Chato poseía una gran sabiduría y un excelente sentido del humor. Hasta se animó a contar chistes. Tenía dotes de comediante a pesar de su semblanza seria al opinar sobre temas serios. Lo irónico de la noche es que tánta fue la diversión que la caja de cervezas se acabó fugazmente y ninguno de los tres se encontraba borracho. Quizás alegritos pero no huasqueados. Al terminar la caja se dieron con la grata noticia que eran apenas las once de la noche. La noche era virgen todavía. Yessi propuso continuarla con otra caja de cervezas, pero El Chato recordó que debía trabajar al día siguiente y prefería irse a descansar en vez de continuarla y regresar hecho trizas. Era gesto maduro de su parte. Francisco y Yessi no tenían planes de regresar a sus aposentos tan temprano. En un último gesto de gentileza, El Chato regresó a la bodega del frente para comprar dos botellas de agua mineral para Francisco y Yessi para poder bajar un poco el alcohol y que pudieran continuar lo que decidieran hacer. Se despidió calurosamente de Yessi. Se dió un generoso apretón de manos y un abrazo con Francisco e intercambiaron números telefónicos. Los dos se habían caído muy bien entre sí. Francisco pensó que iba a ser macanudo mantener una amistad con el buen Chato y poder conversar sobre materias existenciales o temas masculinos. Es importante idea tener alguien con visión externa y confiada para opinar y recibir consejos meditaba Francisco en silencio. El Chato caminó unas cuadras en dirección opuesta para poder conseguir un taxi que lo llevase a casa. Francisco y Yessi lo observaron irse mientras tomaban sus respectivas agüitas. La fiesta se mantenía alegre y tenía asistencia mayor. Ya habían pasado dos horas y media. Paloma no regresaba como había predicho Yessi. Era momento de decidir. Francisco y Yessi daban por hecho que el resto de la noche iba a ser sólo para dos. En un par de horas, gracias a la personalidad y las historias sabidas desde antes, Yessi sabía que podía confiar en Francisco y se sentía muy a gusto. Al mismo tiempo, Francisco había observado a Yessi durante todo este tiempo y le parecía una mujer de ley. La personalidad de Yessi era muy atrayente. Se había fijado en sus hoyuelos coquetones cuando reía. Esos hoyuelos reflejaban la sensualidad y ternura desconocida por ella misma que era motivo de cortejo masculino. Yessi ni cuenta se daba de su poder de atracción. En su mente pensaba que Paloma por ser algo más apuesta era mejor que ella en temas de atracción femenina. Sería tema de falta de autoestima o de que simplemente nadie se lo había comentado en toda su vida que lograba mantener a Yessi en total ignorancia de su belleza. Y ésto sin contar que su humor negro y las cualidades suyas eran capaces de embrutecer a cualquier pretendiente. Todas estas observaciones pudo lograr Francisco en tan sólo un par de horas conversando con Yessi y deseó compartir lo que restaba de la noche con ella. Yessi propuso irse de la fiesta para marcharse al Boulevard de Los Olivos. Los dos sabían que ahí hay bares y discotecas para escoger. En la fiesta no había nadie interesante y la amiga en común ya no daba rastros de vida. Los dos resignados aceptaron continuar la noche. Caminaron juntos para conseguir un taxi que los llevara al Boulevard que no quedaba lejos de donde estaban. Conocían el lugar muy bien y decidieron pulsear para ver cuál de los establecimientos se veía cautivador. Las aguas minerales hicieron efecto en el sentido de mantenerse ecuánimes. Durante el trayecto al Boulevard, entablaron conversación política con el taxista quien era alguien encantador y capaz de convencer inclusive a un detractor. Fue un debate placentero para los tres que lastimosamente acabó al llegar al destino. Los dos estuvieron agradecidos por el buen rato. Francisco aumentó un par de soles a la tarifa acordada como propina al acogedor taxista. Francisco y Yessi caminaron por el Boulevard tratando de decidir. Francisco en gesto galante compró unos chicles y galletitas para que Yessi endulzara el paladar. Cuando la decisión los alumbró, entraron a un barcito no tan concurrido pero con buena selección musical. Francisco y Yessi se sentaron en una mesita algo alejada del resto. Ordenaron cerveza y la canción de Hombres G que estaba sonando en ese instante fue detonación para bailar. Cuando de repente el DJ hizo un cambio brusco poniendo una canción exitosa del inmensamente popular Grupo 5, Yessi no aguantó y saltó de la felicidad. En ese momento Yessi le confesó lo hincha de la Cumbia Peruana que era siendo algo que le causó mucha gracia a Francisco. Y se pusieron a bailar fervorosamente. Sin conocerse mucho fue notoria la química bailable entre los dos. El DJ se fijó en ellos y prosiguió en tocar cinco éxitos seguidos de Cumbia Peruana. Cada canción lograba emoción jubilosa en Yessi. No eran muchas parejas bailando en esos momentos, entonces los dos podían hacer movimientos amplios y hasta risueños. Sin darse cuenta, una felicidad deslumbrante los estaba envolviendo. Cuando el DJ cambió bruscamente de género musical, fue hasta algo decepcionante pero las cervezas estaban esperando por ellos. Se sentaron de nuevo en la mesa para conversar algo. Francisco sabía que después de un breve descanso el DJ volvería tocar algo de Cumbia y si no lo hacía, ya tenía decidido acercarse para pedir otras canciones similares. Yessi le confesó que también le fascinaba la salsa dándole la idea a Francisco de pedir algún mix de Cumbia y Salsa. Francisco atinó al recordar que hacía muchísimo tiempo que bailaba de manera encandiladora. Le fascinó el poder bailar de esa forma sin que a nadie le importase. Yessi pensó algo similar. Hacía buen tiempo desde que bailaba con alguien, quien le siguiera sus pasos jacarandosos pero sutiles para la conquista. Usualmente hay alguien que desea perfeccionar los pases del baile. Ésto era algo que le fastidiaba a Yessi. Al bailar con Francisco sintió lo mismo. Que Francisco tampoco era perfeccionista al bailar y sólo era el gozar. Mientras tomaba su cerveza le irradiaban estos pensamientos como meteoritos en su mente. Y como si fuese un magnetismo cósmico similar, Francisco pensaba lo mismo. Los dos quedaron fascinados bailando juntos. Bailaron varias canciones. Inclusive acapararon miradas inquisitorias de algunos presentes. Luego de un buen rato, decidieron darse un descanso y se dirigieron hacia la mesa donde sus cervezas refrescantes esperaban. Empezaron a dialogar, pero se dieron cuenta que tenían que acercarse para poder escucharse mejor. Francisco sintió cierta electricidad al estar pegadito con Yessi.

—Mis Padres son de Cusco. Se conocieron de jóvenes, se casaron y se mudaron aquí a Lima. Tengo un hermano mayor y yo soy la segunda. Tengo un huevo de familia en el Cusco así que ya te imaginas lo mucho que me encanta vacacionar allá. No pasa un año que no regrese aunque sea por una semanita o dos. Creo que si consiguiera una buena chamba, hasta me quedaría a vivir ahí—confesó Yessi.

—Yo conocí tu ciudad de adolescente cuando mis Padres me llevaron para visitar las ruinas. Como siempre he dicho, es una cosa totalmente diferente ver Machu picchu por fotos o TV, a estar en el lugar bañándote de esa energía. Cada vez que alguna persona en Miami me pregunta sobre el Perú y Cusco, les digo siempre que antes de morir deben vivir esta experiencia a plenitud—observó Francisco—Uno queda maravillado de por vida.

—Me imagino que todos te preguntan sobre Machu picchu, o sea los que no son Peruanos—comentó Yessi.

—De todas nacionalidades. Hay un gran porcentaje de paisanos nuestros que tampoco han tenido el chance de conocer las ruinas. Yo por ejemplo sólo he ido una vez. Llevo mucho tiempo viviendo en Miami y he paseado por varios lugares, pero no conozco La Casa Blanca todavía—meditó Francisco— Suele suceder que vives por mucho tiempo cerca a algún lugar histórico y no vas.

—Yo no he ido a Trujillo por ejemplo y me gusta ver cómo bailan Marinera—comentó una sonriente Yessi.

—Yo no he ido a Tacna tampoco. Me gustaría ir a la parte Sur de nuestro país. Quizás hasta cruzar la frontera.

—Me muero por pasear en New York. Uno ve los lugares en la Televisión como Central Park, el Empire State Building, la Quinta Avenida donde me iría a ver tiendas de tiendas. Me gustaría ver el mosaico de homenaje que le hicieron a John Lennon. Una amiga que fue, me dijo que sueles encontrar músicos tocando canciones de Los Beatles y celebran su existencia. Lo encuentro bohemio.

—New York es otra experiencia hermosa. Te lo recomiendo.

—Miami deseo conocer igualmente. Yo soy playera. Yo puedo ir a una playa, apagar mi celular y perderme escuchando las olas, el sol, la energía y todo. Mi hermano vive en Miami y siempre me exige que vaya. Me manda fotos de la playa con su esposa e hijo. Los extraño mucho. Su hijo lo quiero como si fuese mío. Y tengo imágenes y sueños constantes en las que estoy posada celebrando mi cumpleaños, por ejemplo echada en la arena sin ninguna importancia en la vida. Lo siento tan real. Me emociona muchas veces.

—¿Has pensando en sacar la visa?

—¡Obvio! Pero me cago de miedo.

—Anímate. Uno nunca sabe. ¿Qué es lo peor que puede suceder? ¿Que te la nieguen? Lo peor es no haber intentado y preguntarte qué hubiese pasado si lo intentabas.

—Todos me dicen lo mismo, pero cuando uno lee los requisitos que te piden la embajada, se te cae la moral. O sea, los gringos ponen tantas trabas para que entres a su país. ¡Que no jodan!

—¡Qué chistoso!—dijo Francisco mientras se reía de la expresión de Yessi—Es cierto, cuando uno se pone a leer todos los requisitos para la visa o naturalización y éso ni hablar de los precios, a uno se le baja hasta el libido. Es toda una gestión con incertidumbre. Te entiendo perfectamente.

—¿Quién sabe? Por ahí me animo, me dan la visa y termino visitándote—comentó Yessi mirando fijamente los ojos de Francisco y acercándose alguito.

—Sería espectacular. Podemos hacer lo mismo que estamos haciendo aquí. Por donde vivo hay discotecas y bares entretenidos. Miami es la meca de las discotecas Latinas. No ponen Grupo 5 pero algo nos motivaría para continuar el baile—respondió un segurísimo Francisco sin quitarle la mirada fija.

—Eres un peligro veo.

—Y tú una tentación.

La electricidad que se germinó al sentarse cerquita uno del otro mezclado con los efectos de la noche, lograba que Francisco y Yessi se quedaran estudiándose mutuamente sus facciones. Francisco estaba engatusado de esa carita redondita que inspiraba confianza y una perdición total al abismo de pasión abrumadora. Esos cachetes daban ganas de darles un mordisco sensual. Los ojos de Yessi eran tiernos y al mismo tiempo llenos de inseguridad. Francisco pensaba que ella no sabía lo seductora que es su mirada. Le vino a la cabeza aquella escena en El Graduado donde Benjamín acusa a Mrs. Robinson de seducción palpable. Yessi no se explicaba qué carajo estaba pasando. Hacía unas horas ella estaba segura de sí misma, o sea de su lugar en la tierra. Se sintió algo intimidada al ver que Francisco la observaba con manifestados deseos expresados en sus espejos del alma. La electricidad ya los abrazaba a los dos. Era algo inevitable. La atracción construída sin pensar los estaba poniendo a una prueba invencible.

—¿Ordenamos otra cerveza?—preguntó abruptamente Yessi.

—Claro, todas las que quieras—comentó un acertado Francisco y buscó con los ojos a la camarera encargada de atenderlos. Hizo el ademán para que se acercara y ordenó dos cervezas.

—¿Dónde te estas quedando a dormir?—dijo con curiosidad Yessi.

—En estos momentos me estoy hospedando en un hotel. Me estaba quedando en la casa de una Tía, pero quise privacidad por unos días—explicó Francisco—Tiene sus comodidades el sitio. Me gusta.

—Entiendo. ¿Y no rentaste auto?—observó Yessi.

—La verdad no. Mucha vaina es rentar carro, me refiero a estar con la preocupación de estacionarlo, que no te lo roben y con lo que estamos tomando, no me gustaría estar manejando borracho. Evito eso.

—Tienes razón. Aquí hay tanto idiota manejando huasca. Me jode la irresponsabilidad de varios. Mi hermano me cuenta que en Estados Unidos es más estricto en el cuidado de los borrachos al volante.

—Aquí también se han puesto más severos, pero yo como estoy de vacaciones, decido tener las menores responsabilidades posibles.

—¿De veras estás sin compromiso alguno?

—Absolutamente soltero sin ningún compromiso como ya estás enterada.

—¿Estás buscando tenerlo?

—Soy fiel creyente que la vida te pone donde debes estar.

—No te saco todavía.

—No hay mucho que sacar. Transparencia total de mi parte. ¿Cuántos hombres te han ofrecido ser transparentes?

—¿Has estado enamorado alguna vez?

—Claro que sí. A todos nos sucede tarde o temprano.

—¿Tienes hijos?

—La vida no me ha dado esa bendición.

—¿A qué te dedicas?

—Vendo seguros de vida, salud y suplementos.

—¿Hincha de qué equipo eres?

—Alianza Lima.

—¿Música favorita?

—Rock.

—¿Personaje favorito de Disney?

—Donald Duck.

—Mi favorito es Stitch.

—¿Puedo preguntarte algo?

—A ver.

—¿A qué le tienes miedo?

—Perder el control.

—A veces es lo mejor que puedes hacer. ¿Sabes, no?

—No me cojudees. Yo soy la que hace las preguntas.

—¡Uy, qué genio el tuyo!

—La persona que me quiere me quiere con genio o no. Gordita o flaquita. Chata o alta. Como soy me quiero yo. Así me deben querer. Siempre opino éso.

—No dejas de tener la razón. Eres alguien que inspira atracción de la buena.

—Lo menciono porque he escuchado hombres que son superficiales en sus gustos y eso nunca me ha parecido. ¡O sea, que no jodan!

—La verdad no importa el género en ese aspecto. Tanto hombres como mujeres en la gran mayoría caen en esa superficialidad que dices gracias a la constante y eterna proyección mediática ya sea por TV o films que tratan de imponer el supuesto cuerpo perfecto o deseado de cada sexo, cuando la verdad cada uno tiene su propio gusto. A la hora de la hora, la atracción que tengas por cualquier persona es al azar. Y todas esas proyecciones de hombres fornidos o mujeres que parecen Barbie se van al tacho de basura porque si te enamoraste de un gordito peladito, ya fuiste.

—¡Carajo! Me gusta cómo hablas.

—Y a mí me gusta tu sonrisa.

—No la cagues. No te me pongas pendejo o intenso.

—Prometido.

—¿Salud?

—¡Salud!

Los vasos chocaron firmando un silencioso acuerdo. Cuando el DJ puso una canción del agrado para los dos, no titubearon en regresar a la pista de baile. Esta vez los cuerpos se acercaban cada vez con aquella electricidad fulminante. Yessi atisbaba los ojos de Francisco que lograban convencerla que la pérdida de control no era tan pavorosa como sus reflexiones detallaban. En un momento dado de las contorsiones rítmicas, ella le dio la espalda y al acercarse logro sentir aquella erección delatadora. Al voltear y ver los ojos de Francisco, ella ya sabía que lo tenía hambriento. Aquel vestido había cumplido su deber cabalmente. Nuevamente bailaron por minutos disfrutando la lista musical. Y la rutina prosiguió por un par de horas. Bailaban, se sentaban a refrescarse y se iban a bailar otra vez. Bailaban como si nunca hubiesen bailado y nadie los viera. Francisco pensaba así mismo que nadie lo había hecho gozar de esta forma en una discoteca.

Nadie. Yessi trataba de recordar cuándo fue su última noche tan deleitable. Había pasado seis meses desde que decidió concluir su relación con Giuliano con quien fue una experiencia algo tumultuosa. Se conocieron en el penúltimo año del colegio cuando Giuliano ingresó expulsado de otro colegio. Como cualquier típica relación colegial, empezó con gustitos mutuos, escapaditas rebeldes, promesas incumplidas y pensamientos de grandeza. Se amistaban y finalizaban. Cada uno le puso los cuernos al otro en manera de competencia. Pasaban los años y sus caminos se cruzaban frecuentemente gracias a los amigos en común que poseían y el amor innegable que sentían. Yessi detestaba adorarlo al igual que Giuliano trataba de olvidarla con otra mujer. La esencia de la química entre Yessi y Giuliano era justamente el baile, pues él se dejaba llevar por ella. Se puede decir que hasta aprendieron juntos en aquellas reuniones colegiales. Obviamente, Yessi había bailado con varios muchachos ya fuera en fiestas o discotecas, pero la química con Giuliano era única. Muchas de sus primeras experiencias existenciales fueron con él. En un momento dado, Yessi pensó que Giuliano podía ser su esposo. Hasta lo conversaron aún sabiendo estaban inmaduros para dar severo paso. Le tomó largo tiempo a Yessi meditar que Giuliano era tóxico para ella. Era algo negativo en su vida. Era muy consciente que una historia similar no volvería a tener. Durante una tarde reflexiva tomando café en Starbucks, Yessi sentenció el final de aquella epopeya. Su alma admitía que era algo doloroso pero crucial para obtener paz. Borró fotos con Giuliano en su celular, hizo lo mismo con textos y chats, quemó notitas antiguas amorosas colegiales, botó a la basura cualquier regalo suyo y respiró profundamente al pensar que nunca bailaría sin inhibiciones con otro hombre. Nadie lograba mantener su ritmo elaborado de movimientos tan agiles como coquetos. Todos deseaban el control.

Hasta que apareció Francisco aquella noche sin ninguna señal de saber inclusive algo de danza. Los pensamientos de química coreográfica improvisada eran inverosímiles. Pero aquí se encontraba a total placer con un extraño hace pocas horas atrás. Francisco notó que Yessi ya confiaba en él y se atrevía a juntar sus cuerpos continuamente para sentirse mutuamente mientras crecía el deseo. Era imposible de ocultarlo. La respiración de Francisco se detenía cada vez que la sentía cerca de él. El encanto de Yessi ya lo tenía amarrado e incapaz de huir. Ordenaron un par de cervezas a la cuenta y la conversación entre el baileteo se mantenía interesante. El lugar ya se encontraba algo más concurrido. Había parejas de todas las edades. La discoteca estaba muy alegre. Francisco y Yessi se motivaron a bailar por otro rato. El DJ la estaba rompiendo. Hasta que pasó lo impensable. Los dos se cansaron y riendo regresaron a la mesa para tomar sus chelitas. Francisco vio que ya eran las cuatro de la mañana a punto de ser la cinco. Las horas no se notaron para nada. Le propuso a Yessi marcharse del lugar. Yessi no tenía ganas de regresar a casa. Estaba en modo de party all night long. Francisco le recordó que en su habitación de hotel tenía todas las comodidades para el caso. No tenían por qué darle vuelta al asunto. Los dos deseaban estar a solas. Pagaron la cuenta a mitad cada uno y buscaron taxi. El hotel no estaba muy lejos. Durante el camino estuvieron callados los dos aunque si se agarraron de las manos. En el lobby del hotel, Francisco ordenó dos cervezas y piqueos a su cuenta antes de subir al cuarto. Una vez dentro, Yessi se acomodó en la cama mientras que Francisco destapaba una de las botellas y servía en vasos. Agarró su celular y buscó en YouTube una canción de Los Hermanos Yaipen que no había sonado en la discoteca. Fue una maniobra muy atinada, pues ni bien la escuchó, Yessi saltó de la cama a los brazos de Francisco y se pusieron a continuar el baile dentro del cuarto. Esta vez el abrazo fue pegadito y las miradas revelaban la determinación de los dos. La preciosura de Yessi era detonante. Francisco le acarició el rostro y retiró el pelo que lo cubría. Aquel gesto hizo que Yessi cerrara los ojos. Francisco en gesto de conquistador, besó suavemente aquellos cachetes lindos, esa bemba sugestiva y esos labios seductores. Los dos contuvieron el aliento al sentir los labios expresarse al máximo. Fueron besos apasionados y necesitados. A ninguno le importaba la duración o la hora que fuese, simplemente que fuera lo que fuera. Un acalorado Francisco besó el cuello de Yessi quien ya jadeaba deseosa. Si había algo en la preliminar que excitaba mayormente a Yessi eran los besos en su cuello. Francisco la excitó aún más pasando su lengua sensualmente. Las ropas empezaron a caerse lentamente. YouTube seguía ofreciendo un soundtrack de cumbias. Los dos cuerpos desnudos se postraron en la cama disfrutándose. Los besos fueron apacibles durante todo momento. Francisco no aguantaba ni un segundo y penetró diligentemente. El vaivén entre los dos fue enérgico. El cuerpo de Yessi se encandilaba al ver y oír las expresiones del placer full de Francisco quien no dejaba de besarla. Éso le gustó a Yessi. Francisco era gentil y cuidadoso de mantener el placer mutuamente y no sólo pensar en el suyo. Hicieron el amor dos veces aquella madrugada.

—¿Sigues en ese hotel?—preguntó Yessi por el teléfono.

—Me fui unos días a casa de familiares, pero regresé de nuevo—explicó Francisco al otro lado del teléfono—Ya sabes cómo aprecio mi privacidad.

—¡Obvio!

—Deseo verte. ¿Puedes esta noche?

—Ya mucho vicio ya.

—Por favor. Me arrodillo si es necesario.

—A ver.

—Me arrodillo ni bien te veo entrar por mi puerta.

—¡Qué manipulador eres!

—De veras, Yessi. Necesito verte. Chapa un taxi y te lo pago. Hacemos lo que desees. Tú decides. Sólo ven.

—Te he extrañado, huevas.

—Yo también. Créeme.

—Debes admitir que las veces que hemos salido juntos han sido especiales.

—Lo admito. Pero los hombres dicen cualquier cosa para obtener lo deseado. Sé muy bien que tarde o temprano te vas. No sé cuándo regreses y a dónde va todo ésto. Creo eres súper. Tiempo que no sentía este anhelo.

—Sólo ven y conversamos. Sabes soy un caballero contigo.

—Ésa es la vaina. Me encanta éso de tí y al mismo tiempo me llega altamente.

—Ven.

—Me cambio y voy.

Ni bien entró Yessi por la puerta de la habitación, hicieron el amor como tanto les gustaba a los dos. Esa misma tarde, Francisco le ofreció llevar a Yessi a Ica para pasear por un par de días. Hacía bastante tiempo que no iba y le agradó la idea muchísimo. Al día siguiente, Francisco la acompañó para improvisar una mochila con ropa para tres días y se fueron a la agencia de buses. El paseo fue divertido con todas sus anécdotas. Lograron pasear por La Huacachina, montar los carros de dunas motivando los gritos emocionados de los dos, comieron en restaurantes divinos y degustaron vinos deliciosos de la zona. El hotel que consiguieron era simpático con un conserje gracioso y amable. Caminaron la plaza y disfrutaron de dulces y helados. Ica es una ciudad muy agradable y éso lo sabían los dos. En las noches hacían el amor enérgicamente fiel al estilo adaptado y apreciado por los dos. Fueron días dignos de recordar toda la vida. La última noche en Ica, los dos se embriagaron tomando vino que la travesía de regreso a Lima al día siguiente, fue terrible ya que la desquiciada resaca los tuvo con un malestar tremendo. Pero a pesar de la desagradable incomodidad alcohólica, nada les quitaba lo bailado. Los dos sabían que habían vivido momentos emocionantes y hasta románticos. Francisco llevó a Yessi a su casa en Lima y quedaron para verse en algunos días. Yessi debía regresar al trabajo y Francisco continuar sus vacaciones. La comunicación entre los dos era latente y diaria. Francisco encontraba la forma de escribirle o llamarla. Yessi era agradecida con sus gestos caballerosos. Cada vez que se podía, se encontraban los dos para de nuevo entregarse mutuamente. Ninguno podía controlarse. Era un imán invisible que los mantenía pegaditos casi de manera obsesiva. Ninguno hacia planes para el futuro. Ninguno deseaba conversar sobre éso. Sólo vivían el momento a plenitud peligrosa. Tampoco se hacían preguntas celosas estilo pareja primeriza. Respetaban el espacio de cada uno. No hubo ningún momento de tensión inclusive cuando recordaban la manera de conocerse. Ése era un tema que preferían esconder bajo la alfombra. Hacer el amor una y otra vez era lo más deseado y necesitado. Se quedaban abrazados después de cada sesión. A Francisco le fascinaba la risa de Yessi, así que le relataba cosas chistosas para conseguir la explosión radiante de risa, pues ella reía de manera ruidosa.

—¿Cuándo era que te ibas?—preguntó tristemente Yessi.

—En cinco días—respondió con la misma tristeza Francisco.

—Un mes en vacaciones pasa demasiado rápido. ¿No crees?—observó Yessi—Pero me parece excelente que hayas hecho ésto después de todo que me contaste. Me has inspirado a hacer lo mismo. Voy a acumular días de vacaciones y me voy un mes donde sea.

—Ven a Miami—rogó Francisco.

—Si tus causitas gringos me dan la visa, obvio que te visito para joderte un rato.

—¿Y quién dice me vas a joder?

—Es una broma, pues huevas.

—Te llevo a bailar como te he prometido.

—Me gustaría ir contigo a New York y Washington DC. Me has hablado tanto de lo que sabes que me has motivado las ganas de visitar. Te cuento que empecé a averiguar con un abogado para sacar la visa.

—¿En serio?—exclamo subiendo la voz un contento Francisco—Me hiciste caso. Sería de la Puta Madre. Te lo juro. Ojalá. Fe. Todo con fe.

—No te emociones. Apenas he hecho una consulta. Hay cosas a mi favor como en mi contra. Si no me la dan te iba a proponer algo.

—Dime.

—Si no me la dan para Estados Unidos, entonces nos encontramos en Cancún. Sacar visa a México es mucho más fácil. ¿Te parece?

—Trato hecho.

—No te olvides de mí nomás.

—No podría. Imposible.

—¿A qué hora es tu vuelo?

—El avión despega a la medianoche. ¿Por?

Yessi no contestó. Sólo lo besó de manera longeva. Ella sabía que iban a ser los últimos besos por buen tiempo. No sabía cuánto, sólo presentía que iban a ser largos días. Francisco aceptó aquellos besos algo raudos y agobiantes. Los dos presagiaban que en la distancia iban a extrañar y recordar todo lo vivido. Los dos eran víctimas de sus besos. Los dos adoraban besarse. Podían besuquearse toda la noche si fuese posible. Cambiaban estilo y ritmo hasta psíquicamente. El único sonido en la habitación era de sus labios queriéndose. Duraron buen rato.

La penosa noche había llegado. Las maletas de Francisco ya habían sido chequeadas por el agente de la aerolínea. Subió al segundo piso del Jorge Chávez para cenar algo y esperar. El acuerdo había sido de encontrarse ahí. Su estómago ya le estaba pidiendo alimento. Pero no deseaba cenar solo. Mientras veía las opciones de restaurantes que había en el segundo piso del aeropuerto, ya había hecho una firme decisión. Comería cualquier cosa menos McDonald's. Caso cerrado. Entonces decidió por Papa John's. Una pizza quedaría perfecta para mitigar en algo la pesadumbre de las vacaciones terminadas. Fue en ese momento que la vio llegar tan hermosa como siempre. Yessi sonreía mientras se acercaba. La imagen de ella era algo de recordar para siempre.

—Tráfico de mierda—expreso Yessi—Una hora y media para llegar. ¡Carajo!

—Entiendo—asintió Francisco mientras la saludaba con un beso en la boca.

—¿Y ese moretón?—pregunto asombrada Yessi.

—Mi primo de mierda que le pareció gracioso hacerme eso—aclaró Francisco—Me pellizcó con sus dedos ahí para joder.

—¡Mmm! ¿Te creo?

—En serio. Me hizo doler el huevas ése.

—Se te pegó mi palabrita veo.

—¿Tienes hambre?

—Me cago de hambre.

—¿Se te antoja una pizza?—preguntó Yessi mientras caminaban.

—Por supuesto que obvio.

—Faltaría vinito para digerir la pizzita.

—No, por favor. No me hables ni me ofrezcas vino por buen rato. Me quedé traumada con esa resaca de mierda. ¡Ni más!

—¡Que monse eres!—dijo riéndose Francisco.

—¿Monse? ¡Monse tu abuela, oye!

—Mi abuelita por más monse que fuese tomaba vino como Maestra, carajo.

—Si me das una chela te atraco. Vino no.

—Hacemos algo. Ordeno la pizza, tú buscas una mesa para sentarnos y compro un par de chelas en la tienda como para la despedida. ¿Te parece?

—Obvio, que sí. No deseo ponerme a llorar. Hagamos que esta despedida no sea triste como dice la canción.

—Cualquier tristeza que me invadía durante el día se me fue en el instante que te vi llegar.

—No te me pongas intenso ni pendejo y anda ordena la pizza y compra las chelas porque ya te dije me cago de hambre.

—Adoro lo romántica que eres, mi chata.

Y con eso los dos acataron el plan. Francisco ordenó una pizza para los dos mientras Yessi se dirigió a buscar una mesa. Mientras esperaba la orden, Francisco se fue a la tienda donde venden cervezas y compró seis latas de Pilsen Callao. Quería irse sazonadito al avión. Pizza y cervezas heladitas fue el perfecto plan para los dos. Estuvieron juntos conversando por hora y media antes que llegara el momento de entrar a sala de espera. La caminata fue lenta para hacer la cola de aduana. Francisco y Yessi se dieron un fuerte abrazo de aquellos que no se olvidan y se besaron amorosamente. Las promesas de verse de nuevo fueron recordadas. Y con éso, Yessi vió como Francisco desaparecía entre los viajeros. Su rostro apagado expresaba silenciosamente su sentir.

# SHONNY

Las noches eran extensas y confusas. Muchas veces ni recordaba qué había sucedido en días anteriores. La ruptura con Mónica lo estaba afectando de manera impredecible a pesar de haber decidido ser un guerrero en el tema de la soltería. Extrañaba absolutamente todo de todo. La Navidad fue todo un recuerdo borroso. Sus familiares no encontraban el consuelo. Ninguna palabra o consejo afectuoso lograba su cometido. Francisco estaba agonizando. He ahí en ese momento de agonía profunda, se le acercó su primo Koki y le hizo la mejor sugerencia. Primero lo abofeteó con palabras acertadas para sacudirse de esa tormenta emocional. Le recordó desaciertos de su pasado con relaciones antiguas y usó el mar como analogía en el amor. El mar es vasto y dominante pero dentro existen millones de peces nadando esperando ser pescados por el mejor pescador. Koki le recordó y motivó a Francisco en ser el mejor pescador que pudiese ser. No había de otra. Francisco escuchaba y por primera vez después de aquella tarde fatídica en el McDonald's, una sonrisa se esbozaba en sus labios. Esa charla motivadora era algo que necesitaba en ese preciso instante. Era lo mismo que se le había ocurrido, pero no había proseguido. Koki le mostró su teléfono y le enseñó la aplicación de Tinder. Koki le narró sus fructíferas experiencias con esa aplicación. Mostró fotos íntimas con algunas mujeres que había logrado conocer en persona. No mentía en ningún momento a pesar de tener fama de exagerado o cuentero, pensaba Francisco. En las fotos podía ver a su primo Koki besándose o en actos sexuales con un buen número de mujeres. Hasta había viajado a otras ciudades para conocerlas. Todo un empresario de la conquista se había convertido. Koki no vaciló en agarrar el celular de Francisco y descargar la aplicación. En cuestión de segundos podían ver un sin número de fotos femeninas. Todas encantadoras y cada una con su propia historia intrigante. Escenas sensuales recorrían la mente de Francisco mientras estudiaba cada perfil o foto. Su primo ponía corazón a todas. Le aconsejó intentar con cuantas mujeres pudiese y que no se retractara ni que tuviera pudor. La vergüenza de ser mujeriego es valorizada por las víctimas o quienes no pueden serlo, era un dicho profesado de su primo Koki que también indicó que no olvidara aquella observación. Francisco se sintió empadronado y empoderado como nunca lo había estado. Nada de vergüenza en su ser por sentir. Esos consejos se habían tatuado en su pensar. Era el empujoncito que necesitaba. Fue muy tonto el no haber descargado esa aplicación días atrás. Pero ya estaba hecho. Cuando llegó a casa esa noche, se dispuso a averiguar y escoger las futuras dichosas. Entonces recordó el viaje que estaba planeando hacer en unos meses. Y empezó a buscar perfiles en Lima. Centenares de mujeres hermosas visitaban su celular. Centenares de posibilidades y oportunidades merodeaban en sus pensamientos. Francisco sentía que definitivamente había perdido años de su vida. No podía entender cómo había sido tan cojudo en habitar en la fidelidad con una mujer. Recobraba vida aquel dicho que había escuchado de niño que decía que para cada hombre existen siete mujeres. Francisco deseaba multiplicar ese número. No había marcha atrás. Su existencia en este planeta iba a cambiar radicalmente. Su primo Koki tenía muchísima razón. La liberación de su esclavizado método de vivencia fue tan efusiva como las liberaciones de naciones. La pesca estaba abundante y muy prometedora.

Y así apareció Shonny.

La copa de vino estaba siendo tomada lentamente. El día había sido estresante. La constante disputa diaria con su ex esposo por el cuidado de su hija llamada Aracelli agregado a las labores extenuantes del trabajo le había provocado un ligero dolor de cabeza. Nada que un par de copas de vino fueran incapaces de resolver. Iba por la primera copa mientras meditaba en silencio sobre las tareas del día siguiente. Trabajaba como administradora de una empresa la cual estaba teniendo una temporada baja de producción. Horas atrás tuvo que despedir cinco empleados y era algo que no le hacía ninguna gracia. Pensaba en sus familias. Lo bueno es que pudo darles bono de gratificación y se había tomado el tiempo de conseguir fuentes de futuros empleos que quizás podían obtener. Estaba tan trastocada que ni siquiera prendió la TV para no ver las noticias llenas de violencia o catástrofes mundiales. El Cabernet Sauvignon de California estaba haciendo efecto para la relajación. Shonny era ávida consumidora del buen vino. En una época pasada se dio el gusto de atender clases de enología. Adquirió el óptimo hobby de probar la exquisitez de varias selecciones de uvas de todas partes del mundo. Cada vez que era permitido, paseaba por la sección de vinos en Wong para deleitarse visualmente antes de decidir por alguno. Los otros tragos le causaban estragos en su cuerpo. Se fijaba en el año de la cosecha y el terreno. En esos instantes extrañaba a su hijita Aracelli de tan solo tres años. Pero esa noche le tocaba al Padre cuidarla y sólo debía tener paciencia para asumir lo concordado. La discordia con su ex marido creció en el momento que Shonny amenazó con quitarle la custodia. Cuando recapacitó, se dio cuenta lo absurdo en su amenaza y se decidió por la armonía. A pesar del divorcio, Aracelli tenía el derecho de mantener relación con su Padre. Caso cerrado. La segunda copa ya estaba servida mientras toda clase de pensamientos la invadían. La cosecha estaba perfecta para su paladar. En una reunión de trabajo, pudo escuchar una conversación entre dos compañeras que comentaban sobre la aplicación de Tinder. Le llamó la atención. Estaba preparada para conocer alguien aunque fuera para conversar. Estaba aburrida de su entorno presente. Deseaba conocer alguien distinto. Descargó la aplicación en su teléfono. Pudo conocer tres tipos sin ninguna impresión mayor. Salió con ellos a cenar pero no había sucedido nada impresionante o duradero. No sintió ninguna clase de química con ellos. Mientras tomaba su segunda copa de vino, Shonny entró a la aplicación y apareció en ella la foto de Francisco. Le pareció algo simpático. Pensó que no tenía cara de loco desquiciado como algunos otros. Miró la foto por varios segundos antes de animarse a apretar el corazón. Se sorprendió de manera inmediata al enterarse que era un match. En ese mismo instante tuvo su cuarto match. Aquel tipo ya la había visto. Shonny atinó a reírse de la coincidencia. Cuando la comunicación entre los dos empezó, ella se enteró que vivía en Miami, era Peruano, soltero, chambeador y escribía de manera caballerosa. En ningún momento se atolondró sugiriendo fotos íntimas o audios provocativos. Durante los días que estuvieron conversando ella lo sentía como una amistad. Cuando Francisco le dijo que iba a llegar por vacaciones, ella planeó para verse. Le había caído en gusto. Con el correr de los meses, Shonny y Francisco intercambiaron números de teléfono y conversaban casualmente. Ella le contaba sobre sus hábitos diarios en el trabajo. Él le contaba sobre sus viajes y conseguía hacerle reír. Ella no se aburría charlando de todo un poco con Francisco. Los días pasaron francamente algo veloces. En un cerrar y abrir los ojos, el aterrizaje de Francisco a Lima llegaba. Debido a tareas laborales y un viaje a provincia planeado, Shonny le avisó a Francisco que cuando estuviera más desocupada podrían encontrarse. Francisco le dijo que iba a aprovechar el tiempo que ella estaba trabajando, para disfrutar momentos agradables con sus familiares. Necesitaba relajarse después de una época agitada. Ella lo comprendió perfectamente, pues ella sentía que necesitaba exactamente lo mismo. Durante las primeras dos semanas de la estadía de Francisco en Lima, se escribían esporádicamente. Shonny deseaba regresar a Lima para verse finalmente con Francisco. Cuando llegó el día que se encontraba en su hogar nuevamente, el trabajo no le permitió a Shonny pactar el encuentro hasta unos días después. Ella solía preferir restaurantes para encuentros. Su restaurante favorito era Las Brujas del Cachiche, gracias al espectacular buffet que ofrecían. Francisco aceptó la propuesta de inmediato pues conocía el lugar. En el día del encuentro, Shonny pidió salir temprano y su jefe no le hizo ninguna oposición. El almuerzo se iba a poner interesante pensaba Shonny ya que al fin iba a conocer al match con quien ya llevaba meses conversando de todo un poco. Francisco se afeitó y arregló de la mejor manera posible. Estaba muy consciente que Shonny era mujer elegante al igual que el restaurante, así que debía vestirse para la ocasión. Francisco estaba impactado por la elegancia de Shonny y era mujer guapísima. Como se encontraba algo distanciado del barrio de Miraflores, Francisco salió con un par de horas de adelanto para llegar puntualmente. Deseaba llegar primero y esperar por ella en una buena mesa y un delicioso Pinot Noir.

—El lomo saltado está increíble—opinó Shonny mientras disfrutaba del buffet.

—Termino este round y lo pruebo—comentó Francisco— Se ve buenazo.

—Tu papita a la huancaína se ve excelente—dijo Shonny mientras sus ojos devoraban el plato de Francisco.

—Debo aplaudir y agradecer tu elección de lugar para almorzar—mencionó Francisco—Hacia años que no venía aquí. No sé si es mi impresión o creo ha mejorado aún más este lugar. No desayuné para tener hambre y me puedo comer como diez platos creo.

—Siempre me causó gracia, los tragones que pueden ser los hombres—comentó Shonny—Tengo primos que son gorditos comelones y felices de serlo. Me impresiona el espacio que tienen para alimentarse. Todo un horror.

—Mi Padre decía que no hay gordito triste. Todos son alegres. Bueno, la gran mayoría. Y lo he notado.

—Ya que lo mencionas, mis primos gorditos son reilones, bromistas y juergueros. Tienes razón. Los gorditos suelen ser risueños.

—¿Y cómo está tu muñequita Aracelli? Me gusta ese nombre. ¿Cómo se te ocurrió ponerle ese nombre?

—Mi bebita está con mi madre por hoy. Mañana le toca al padre. Nos turnamos sucesivamente y cordialmente. Mantenemos la fiesta en paz. No queda de otra. Sobre su nombre, pues tengo una Tía muy querida por mí que ayudo a criarme con ese nombre. En su honor nombré a mi hija de ese modo.

—¿Te gustaría ir al cine más tardecito?—propuso Francisco.

—Por supuesto. Buena idea. Antes de ir al cine. Bueno. ¿Podrías acompañarme un rato a Larcomar? Deseo comprar un regalo para mi madre que se acerca su cumpleaños.

—Tus deseos son órdenes, mi distinguida dama.

—Gracias, mi plebeyo estimado.

Los dos continuaron saboreando la buena comida y vino. Cuando terminaron de almorzar, se montaron en el carro de Shonny para dirigirse a Larcomar. En el centro comercial estuvieron caminando y conversando de manera placentera. Se conocían cada vez un poco más. Shonny compró una blusita y un pantalón para su madre. Francisco observaba los movimientos gallardos de Shonny. Caminaba como flotando y su voz era suave pero firme. Inspiraba respeto e irradiaba un afilosofado aire. Y le estaba gustando a Francisco. Se imaginaba que se asemejaban a la pareja de La Dama y El Sabueso. Le causaba risa imaginarse esa comparación. Caminaron por otro rato en el shopping mall para luego subir al carro en camino a un teatro de cine. Fueron al Cine Alcázar y escogieron una película de comedia. La tarde fue entretenida para ambos. Saliendo de la película ya era hora de la cena. El día se había ido demasiado rápido. Ya que Francisco había invitado el almuerzo, Shonny insistió en invitar la cena. Francisco aceptó con la condición de que el pagara la siguiente vez. Y caminaron al Madam Tusan. Ordenaron de la carta unos platos que se veían exquisitos y una botella de White Zinfandel. La confianza iba creciendo.

—¿Dónde es que te estas hospedando?—preguntó Shonny.

—En un hotel por Los Olivos—respondió Francisco.

—Algo lejitos—comentó Shonny.

—Pero valió la pena absolutamente el viajecito—coqueteó Francisco robando una sonrisa a Shonny.

—¿De veras, mi plebeyo enamorado?

—En todo sentido, mi distinguida Lady S.

—¿Qué tienes en mente después de la cena?

—Cenemos y te lo susurro en tu oído.

Al terminar la cena, Francisco y Shonny caminaron juntos al Wong que se encuentra al otro lado del óvalo Gutiérrez y se fueron directo a la sección de vinos. La noche pintaba para lo mejor en venir. Francisco escogió un Malbec de Argentina. Shonny escogió un Shiraz de Australia. La combinación de las botellas era algo explosivo en emociones. Ambos se encontraban orgullosos de sus elecciones. Shonny manejaba en dirección a su casa como habían acordado susurrándose en sus oídos. Shonny se detuvo en un Tambo para comprar algunas cositas que le faltaban como botella de agua, gaseosa, piqueos y algunas empanadas para el desayuno del día siguiente. Francisco quedó impresionado del departamento donde vivía Shonny al igual que las decoraciones y el acogedor ambiente. Su colección de vino era llamativa.

—¿Y estos vinos?—cuestionó Francisco—¿Para ocasiones especiales?

—Exacto—explicó una risueña Shonny.

—¿Acaso ésta no es una ocasión especial, mi respetada dama?—coqueteó nuevamente Francisco ocasionando otra sonrisa de Shonny.

—Esas botellas son para cumpleaños, aniversarios, celebraciones, nacimientos, divorcios, ocasiones algo especiales—proclamó una coquetona Shonny acercándose letalmente a Francisco.

—¿Te parece empezamos por el Malbec?—dijo algo nervioso Francisco.

—Por supuesto, mi plebeyo tímido—dijo Shonny a centímetros de Francisco quien contenía la respiración en anticipación—Dame un minuto que abro la botella.

Shonny abrió la botella de Malbec con destreza, sirvió dos copas y le hizo ademán a Francisco que la acompañase a su terraza. La vista a la Costa Verde desde la terraza era verdaderamente fascinante. Francisco se quedó admirado de ver semejante belleza visual. Shonny se postró a su lado mientras tomaba un sorbo de su copa.

—¿Opiniones?—intrigó Shonny.

—Impresionante. Nunca pensé pisar un departamento en esta área y tener el lujo de poder deleitarme con esta vista— confesó un asombrado Francisco—Me he quedado cojudo viendo todo esto.

—Esa es la palabra correcta para describir tu expresión en este momento—bromeó Shonny—Para tomarte foto.

—Cuando era niño y paseaba en carro con mi familia por esta zona, me gustaba ver los edificios y me imaginaba comprar uno para todos mis familiares. Me imaginaba gente opulenta viviendo por estos lares. Deseaba ser uno de ellos. Me imaginaba que la muestra perfecta del éxito era vivir en estos edificios. No tienes idea cuánto te agradezco haberme traído aquí—dijo Francisco antes de voltear su cara para mirar fijamente a los ojos de Shonny al mismo tiempo que tomaba un sorbo de su copa—Me tienes a tus pies admirando todo lo tuyo.

—Eres todo un poeta, Francisco.

—Y tú eres una emperatriz, Shonny.

—Está muy gustosito este Malbec.

—Y tú te ves demasiado hermosa bajo la luz de la luna.

—Ya te está dando efectos el vino veo.

—¿Crees que es solamente el vino hablándote?

—No. Pero me gusta ver cómo manejas la situación.

—Con tu permiso, deseo acercarme a usted y darle un beso.

—Permiso aceptado.

Francisco puso su copa en la mesa y le dio el chance que Shonny hiciera lo mismo. Entonces se acercó y la besó. Empezaron con besos suaves para luego

hacer transición a besos fogosos. Shonny no tenía ningún contacto con cuerpo masculino desde antes de su separación. Ya había pasado un año y medio desde su última vez. Al sentir la exaltación con los besos de Francisco, su cuerpo se estremeció.

Las caricias se hicieron sentir. Francisco se sentó en una silla cercana y ágilmente puso a Shonny encima suyo. Al seguir acariciando su cuerpo esbelto, Francisco ya estaba preparado para la faena. Shonny pudo sentir la protuberancia que le apuntaba y fue motivación para la humedad en su calzón. Se besaron por largo rato. Francisco pudo percibir la necesidad de Shonny de sentirse besada de esta manera y se mantuvo disciplinado. Los jadeos entre besos ya confesaban el calor elevado de sus cuerpos. Francisco acariciaba sutilmente las nalgas de Shonny y sutilmente jugueteaba con sus dedos llegando al vientre. Este movimiento estaba motivando a Shonny para cruzar el siguiente paso. Shonny ordenó a un obediente Francisco que la siguiera. Se ayudaron a desvestirse antes de echarse en la cama.

—¿Tienes preservativos?—preguntó Shonny.

—No traje—confesó Francisco—Pero puedes estar tranquila. No tengo ninguna enfermedad y soy estéril.

—¿Cómo sabes?

—Me hice examen de fertilidad hace unos meses atrás. Unos días antes de venir al Perú me hice el examen de HIV. Los dos me salieron negativos.

—¿Te molesta si usamos preservativo? Estoy en temporada fértil y me sentiría cómoda si lo usamos.

—Como desees, mi Duquesa.

—Déjame ver.

Shonny recordó que tenía un par de condones en su gaveta. Fue a buscarlos y efectivamente había uno. No recordaba qué hubiese sucedido con el otro. Se lo entregó a Francisco que abrió la envoltura y maniobró para protegerse. Ni bien Shonny vio el aparatito envuelto, se acercó a manipularlo con elegancia. Al sentir esa manito suave que lo apretaba con la presión justa y certera, el jadeo de Francisco se escuchó retumbar en el cuarto. Shonny besaba a Francisco mientras seguía manipulando su órgano. Francisco empezó a acariciar los senos desnudos de Shonny. La temperatura seguía rumbo al cielo. En ese instante ya presa de un incontrolable fervor, Shonny volteó su cuerpo y se postró en posición de cuatro. Francisco apuntó y no se guardó nada. Las paredes escuchaban el rítmico choque de cuerpos que denotaban el mortífero deseo de sentirse de esta forma. Ésta era la pose que lograba que Francisco llegara a su éxtasis pleno en breve instancia. Sabía muy bien que si mantenía ese ritmo frenético no duraría los minutos requeridos para satisfacer plenamente a una dama como Shonny. Lo que tampoco estaba enterado es que esa misma pose lograba el mismo efecto veloz en ella. Francisco se concentró para poder durar un tiempo más de lo acostumbrado cuando se meneaba en esta pose. La concentración surtió el resultado deseado. Los dos llegaron al orgasmo. Ambos estaban exhaustos y alegres. Los dos cuerpos sudorosos se abrazaron efusivamente. Shonny le dijo que deseaba darse un baño juntos y disfrutar del vino comprado. Francisco estaba de acuerdo. Después de bañarse juntos con besos y caricias incluidas, ambos regresaron a la terraza ya relajados y dispuestos para continuar la noche. Conversaron sobre películas, obras teatrales, temas de historia mundial y hasta de fútbol. Shonny demostró ser erudita en estos temas y otros. Francisco conversaba con mucho agrado. Shonny pensaba [a si misma] lo necesitada que estaba de una compañía masculina aunque fuera por un buen rato. Cuando terminaron las dos botellas de vino, los dos ya sentían ciertos efectos del alcohol. Estaban ya algo mareados y decidieron irse a descansar. Francisco estaba por echarse en el sofá cuando Shonny le rogó que durmiera con ella. Fue un gesto precioso de su parte pensó Francisco. Durmieron los dos juntos de manera placentera. Cuando despertó, Francisco no podía ocultar su temprana erección. Shonny lo notó al despertar y aprovechó aquella oportunidad. Se posicionó encima de Francisco y empezó a menearse como vaquera bachatera. El cuerpo de Francisco estaba energizado y se mantuvo regio. Shonny apretó el órgano de Francisco con sus muslos logrando que explotara dentro de ella. La felicidad de ambos era contagiosa.

—¿A qué hora debes recoger a tu hijita?—preguntó Francisco mientras saboreaba su empanada y los huevos fritos preparados por Shonny.

—En la tarde después de mi trabajo—explicó Shonny—Voy al trabajo por unas horas. De ahí voy donde mi madrecita. Esa es mi rutina como ya te he comentado. Lo desagradable es cuando debo verme con el cretino de mi ex.

—Nunca te pregunté sobre esa situación. Si no es muy impertinente de mi parte—dijo Francisco—No entiendo cómo un tipo puede dejar una maravilla de mujer teniendo una hija inclusive. Disculpa si estoy cruzando barreras.

—No te preocupes. Ya nos conocemos por meses—suspiró Shonny—Te cuento en confianza porque fue algo que me chocó por mi displicente falta de observación. He pensado muchas veces sola en este departamento con esa vista majestuosa y mis recuerdos son algo vagos pero concisos.

—Soy todo oídos.

—No me di cuenta de las señales que propagaba en su momento. Puedes decir que estaba enamorada o engañada. Cuando quedé embarazada, pensé que ciertos problemas que teníamos iban a desaparecer, pero me equivoqué rotundamente. La cosa empeoró. Tuve una amiga que me aconsejaba, pero claro, sus consejos volaban a la estratósfera. Entonces fue cuando lo encontré y no podía creer lo que mis ojos veían. Fue un shock tremendo.

—No me digas que te engañó. ¿En serio? ¡Puta madre, que huevón!

—La verdad es que se engañaba a sí mismo. Me engañó por cobardía. Resulta que un amigo en común ya me había advertido y no le creí. Hasta que como típica esposa celosa en película de Hollywood lo seguí y descubrí la verdad. Él me estaba engañando con otro hombre.

—¡Ah bueno!

—Que sea gay lo puedo entender y aceptar. Lo que me fastidió fue su total falta de confianza conmigo. Entiendo que no es fácil aceptar algo de esa naturaleza. He escuchado miles de historias de personas gays y las dificultades que tuvieron para salir del closet y mi total simpatía es con ellos. Pero yo le preguntaba qué sucedía, porque estaba afectando nuestro matrimonio y él fue muy cobarde en no aceptarse a sí mismo. Prefería esconderse con sus gustos pero vivir muy a gusto con mis comodidades. Prácticamente estaba manteniendo a un holgazán. Cuando perdió su trabajo, yo lo apoyé. Cuando Aracelli llego a este mundo, él se ofreció a cuidarla mientras yo trabajaba. Pero en sus momentos libres, en vez de buscar trabajo o algo siquiera, se escapaba para encontrarse con otros tipos.

—¿Tipos? No le bastaba uno. Lo siento, mi Dama real. No debí haber preguntado.

—Me hace bien conversar de estas cosas. Fue humillante enterarme que varios conocidos se burlaron de la situación. Me tuve que alejar de amistades en común que teníamos. La verdad, he vivido sólo por mi hija y mi madre que gracias a Dios me ha apoyado de manera grandiosa. Sin ella no tuviese la libertad de seguir generando mis ingresos.

—¿Y dónde está en estos momentos el tipito?

—Ya salió del closet y vive en libertinaje. La verdad no me importa lo que haga por su vida. Sólo me importa que ponga de su parte para la crianza de Aracelli. Aunque no lo creas, me quiso pelear la custodia, pero se dio cuenta que la iba a perder de manera contundente. Mi mamá me aconsejó de manera bonita. Por eso mantengo la fiesta en paz como te dije. Deseo que mi hija sepa que fue fruto del amor. Por lo menos de mi parte.

—¿Y cuáles eran las señales que mencionaste no percibiste?

—Cosas como desatenciones de su parte, desganos para relaciones, desinterés total para conquistarme. Al comienzo si fue un caballerito con todas de la ley para que fuese su enamorada. Creo que intentaba portarse como supuesto hombre común y corriente. Estaba engañándose en sus impulsos sexuales. De hecho seguro que alguien le dijo que debía portarse como varoncito. Yo fui su cortina de humo. Lo que nunca he sabido es cómo empezó a buscar lo que no hallaba en casa. ¿En qué momento? Tratar de encontrar esa respuesta me acosaba. Ahora ya no me importa. Y esa es mi historia.

—¡Caray! Uno nunca deja de conocer a la persona. Cualquier hombre debería sentirse afortunado de estar contigo. Si es gay, bueno, tenía que habértelo dicho desde un comienzo. Bueno, ya, hablemos de algo alegre. ¿Cuándo puedo volverte a ver? Me gustaría muchísimo compartir contigo.

—¿La pasamos genial, verdad?

—Me encantaron tus movimientos expertos.

—¿Te vacila ruborizarme, verdad?

—Te pones lindita al ponerte rojita.

—Gracioso.

—De veras deseo verte de nuevo. Eres mujer fascinante en todo sentido y sería un inmenso placer.

—Y pensar que nos conocimos mediante Tinder.

—¿Sabes que eres la primera persona que conozco en persona de esa aplicación? Te lo juro. Tú fuiste la primera en hacer match conmigo y contigo me quedé. Ahora que lo pienso ya no conversé con nadie más.

—No te creo. Un galanazo como tú. Ya me estás mintiendo.

—Te lo juro.

—¿Te parece si nos vemos el domingo? ¿Tienes algún plan?

—Puedo mover algunos asuntos en mi agenda para verte.

—Macanudo. ¿Dónde me dijiste deseas que te deje?

—Llévame a la estación del metropolitano en Benavides. Ya de ahí me paseo toda Lima para llegar al cono Norte.

—Listo.


El domingo llegó Francisco hasta la casa de Shonny con un ramo de rosas y una botella de Tempranillo que encontró de casualidad motivando una sorpresa grata. Shonny se lanzó hacia Francisco con ansias. Los besos fueron dulces. Y sin tener que decir alguna palabra, se fueron directo a la cama. Francisco había despertado con ganas de ella. Se desnudaron rápidamente. Shonny se echó en su cama esperando a Francisco que puso las piernas de ella sobre sus hombros, la miró por unos segundos y empezó el vaivén frenético que tanto apreciaban ambos. Esta vez lograron hacer tres poses diferentes. Estaban descansados y hambrientos. Cuando terminaron, ordenaron pollo a la brasa de Rocky's para almorzar juntos. Conversaron sobre lo sucedido durante los días que no se habían visto. Disfrutaron del vino sentados en la terraza. Durante la noche vieron una película juntos por Netflix con canchita incluída. Una vez terminada la película, a Shonny le vino un antojo inesperado. Acarició el miembro de Francisco, abrió el zipper de su pantalón y lo manipuló oralmente. Francisco disfrutó aquello de manera brutal. Luego vino su turno, se abalanzó hacia la vagina de Shonny y la hizo jadear de placer con su lengua exploradora. Los dos estaban saciados. Shonny le pidió la complacencia de dormir juntos nuevamente. Francisco no necesitaba ser forzado para estar convencido. Llegó con esa intención. Llevaba consigo su cepillo de dientes y un short para dormir. Se bañaron antes de acostarse. Era la fiel costumbre de Shonny antes de dormir. Tenía que trabajar al día siguiente. A las cuatro de la madrugada, Francisco despertó para orinar. Cuando regresó a la cama vio a una despierta Shonny mirándolo con un gesto cómplice. Francisco entendía perfectamente el pedido. Volvieron a hacer el amor de nuevo. A Shonny le encantaba sentir cómo Francisco acababa dentro de ella. Ese caluroso chorrito que entraba en su cuerpo la excitaba al sentirlo. Las expresiones felices de ambos eran notorias mientras desayunaban y ella se preparaba para otro día de labores. Estaban desayunando cuando Francisco recibió una llamada. Era Karla deseando encontrarse con él más tarde. Francisco se fue a la terraza para conversar con ella y planear el encuentro. Shonny estaba totalmente inadvertida a aquella llamada. Nuevamente concordaron en dejarlo en la estación de la vez pasada para que Shonny pudiera proseguir camino a su oficina. Mientras iba camino a su destino, Francisco pensaba que Shonny era mujer perfecta en todo sentido. De nuevo tuvo que recordar su promesa. Su regreso a Miami estaba acercándose. Pensó en un momento si fuese buena idea vivir en Lima para siempre. Su imaginación volaba a mil mientras se imaginaba situaciones de vivencia en su ciudad natal. Todas esas imaginaciones se cayeron repentinamente cuando vio una pareja de jóvenes insultarse sin importar el escándalo que estaban formando. Ella gritaba el porqué de su comportamiento y él sólo la describía como loca. Francisco suspiró y pensó cuando volvería a ver a Shonny.

—¿Seguro no deseas te lleve al aeropuerto?—preguntó Shonny mientras tomaban un café y cuidaba de Aracelli que estaba sentada a su costado.

—Seguro, mi Dama hermosa—respondió Francisco—Mí primo me va a llevar. Ya tengo los arreglos hechos. Mis maletas están en su casa. Te queda muy lejos y con el tráfico bendito. No deseo estresarte.

—Prométeme me vas a seguir escribiendo. Y cuando regreses me buscas—ordenó Shonny—Mira que te he agarrado cariño. ¡Qué horror!

—Por supuesto, querida—aceptó Francisco—Ya te he prometido traerte algún vino que no venden aquí. Ya sabes que en Miami hay más variedad a mejores precios. Algo se me va a ocurrir.

—Una vez me hicieron probar un Pinotage de Sudáfrica y me deleitó. No lo encuentro muy seguido aquí. Éso me puedes traer. ¿Vas a recordar?

—Lo voy a escribir en mi cuaderno para no olvidar que mi Duquesa del vino me lo ordena de manera tajante. ¿Algún otro pedido?

—Sólo que te cuides. No seas irresponsable. Me has gustado mucho, Francisco. Me has vuelto a hacer sentir completa. Me gustaría mucho intentar algo contigo. Entiendo hemos conversado sobre nuestras situaciones y lo difícil que sería. Pero, si no es contigo, por lo menos sé que puedo construir algo positivo para mí y mi corazoncito. ¿Cómo estas, bebecita?— dijo Shonny mientras le hacía cosquillitas a su hijita Aracelli.

—Eres una mujer espectacular con una bebita hermosísima. La veo y me la quiero robar. Me la llevo a Miami. Me la como a besos. Tú te mereces lo mejor de lo mejor. He conocido varias mujeres en mi andar y tú eres quizás la más hecha y derecha que haya visto. Tu profesionalismo con lo que has llevado la situación del papá de Aracelli y lo que has logrado con tu trabajo es verdaderamente admirable. Estoy muy pero muy agradecido con los momentos contigo. Las voy a llevar en mi corazón a ustedes dos. No sé qué pasará en el futuro pero de que me mantengo en contacto contigo, créeme que sí.

—Yo también espero éso. Mi hija es mi mayor objetivo en la vida. Deseo que nada le falte. Y si le falta algo, yo misma lo consigo. No necesito ningún hombre que me ayude. Es bonito tenerlo, claro, pero por ahora. Ella es quien se lleva todas mis atenciones hasta que la muerte nos separe.

—Eres claramente la mujer más interesante en todo Tinder. Lo firmo.

—No seas tonto. Gracioso.

—Si algún día llegas a California como lo piensas, avísame. Quizás podemos visitar todos esos viñedos que tanto me has comentado. Tengo entendido que en Oregón también existen esos tours. ¿Por qué nó?

—Podemos planear. Este año no va a ser. El próximo a lo mejor.

—Bueno, si no pasa ninguna eventualidad, nos encontramos en California.

—No creo suceda alguna eventualidad. Tengo todo este año planeado en eventos, gestiones, proyectos, que no tengo tiempo para ninguna eventualidad. Debo finiquitar mi divorcio. Ese es un tema que lo llevo con pinzas para que firme y vuelva a ser una mujer totalmente libre. Aunque ya lo soy pero papelito manda.

—Mucho tiempo te ha hecho demorar tu ex. Ya es hora.

—Quiere pegarse del seno dorado como dicen.

—La teta dorada—corrigió un sonriente Francisco.

—Eso mismo—prosiguió una ruborizada Shonny.

—¿No puedes decir teta?

—Me parece palabra vulgar.

—¿Teta?

—¡Cállate! Ya no la digas.

—Pero mi faraona del mundo. Esa palabra es usada por todos los parlantes hispanos a diario. Es una de las primeras palabras que uno aprende gracias al tema de alimentar al bebé recién nacido.

—Claro que lo sé. Sólo que no me gusta decir vulgaridades.

—Mi punto es que la palabra teta no es vulgar.

—Para mí lo es.

—Ok. No continúo con el debate. No vaya ser que me bloquees de Tinder.

—Graciosito te crees veo—comentó Shonny provocando risotada de Francisco.

—Te voy a extrañar.

—Yo también te voy a extrañar, mi plebeyo galán.

Francisco y Shonny gozaron de su última tarde juntos. Caminaron a un parque cerca para dejar que Aracelli se divirtiera un poco. Francisco la cargaba y jugaba con ella. Verlo jugar con su hija le parecía tierno a Shonny que pensó en ese momento sobre la injusticia de la inhabilidad que Francisco pudiese ser papá algún día. A menos que se casaran y se convertiría inmediatamente en padrastro. Pensamientos bonitos pero sin piso, se recordó para no continuarlos. Antes de despedirse, Francisco compró golosinas para Aracelli quien estaba emocionada de recibirlos. Shonny le agradeció besándolo de manera efusiva. Francisco abrazó a Shonny y le agradeció por todo. Shonny contuvo las lágrimas. En el camino de regreso, Francisco pensó que haría una dichosa familia con Shonny y Aracelli.

Sería bonito.

# CHERYL

—¡Oye, Cholo! Hay que rogarte para verte-dijo por teléfono Jean Pierre.

—Compadrito, si te contara. He estado algo ocupado—explicó Francisco.

—Qué ocupado ni que ocho cuartos. Cuando uno quiere ver a alguien hace lo posible para verse—comentó Jean Pierre—No te veo en años y ya te vas en unos días. ¡No jodas, pues!

—¿Estás trabajando esta tarde?—preguntó Francisco.

—Yo manejo mis horarios. Dime dónde nos encontramos—dijo Jean Pierre.

—Un par de chelas en la bodega de Roxana—planeó Francisco.

—No. Ahí no. Tengo roche con Roxana—dijo Jean Pierre.

—¿Qué mierda hiciste ahora?

—Ya te cuento luego. Vamos donde la barra de Arturo. Es caleta y ahí van flaquitas también. Quiero ver culitos.

—Sale vale. ¿A qué hora?

—Tres de la tarde. Para empezarla temprano.

—Ahí te veo—dijo Francisco antes de colgar.

Jean Pierre era uno de los mejores y longevos amigos de Francisco. Se conocían desde el primer grado del colegio. Prácticamente desde los siete años. Jean Pierre siempre tuvo contexto grueso y grande. Era uno de los altos de la promoción. Desde esa edad se agarraron mucho cariño jugando fútbol o con figuras de acción. Por una de esas casualidades de la vida, Francisco y Jean Pierre pudieron compartir varias anécdotas.

Por cosas del destino, Jean Pierre se mudó al barrio de Pro donde se hizo muy conocido y popular gracias a su festiva personalidad. Era un gordito feliz. Cuando ya adulto, se llenó de valor, puso cara de macho, desembolsó dinero que le costó conseguir, caminó por la puerta de la embajada de Los Estados Unidos y sacó su visa. El único destino en su horizonte era la Florida. Deseaba visitar a su amigo Francisco y pasearse por Orlando a conocer los parques de Disney. Miami fue ciudad que le fascinó por completo. El acceso fácil a la playa, las mujeres hipnotizantes ya fueran Caribeñas o de cualquier parte del mundo lo dejaban balbuceando, el sol irradiante, las lluvias tropicales, el ambiente de fiesta y sobre todo los dólares, enamoraron de tal forma a Jean Pierre que lo motivaron a quedarse viviendo una época en Miami. Esa época se la pasaba con Francisco por todos lados. Pudieron divertirse en una era que ninguno de los dos tenían mayores responsabilidades y la inocencia era pura. El sentido de humor de Jean Pierre era tal que Francisco muchas veces le dijo que se hiciera actor cómico. Pero a Jean Pierre no le importaban esas cosas inmundas de la farándula. La vida era simple en su opinión. Uno debe trabajar por su dinero para poder mantenerse, alimentarse y lo que sobra para ir a buscar féminas. Durante su temporada en Miami, Jean Pierre se conoció con una Americana que lo obligaba a practicar el idioma de ella. Francisco aplaudió aquella relación, pues pensaba que si se casaban, al fin iba a ser legal en el país y poder vivir por muchos años en Miami. Jean Pierre se le veía enamorado por primera vez de manera profunda. Hasta dejó el trago, se comportaba como digno marido, renunció a los cigarrillos, iba a misa cada domingo, lavaba los platos, ayudaba en las compras, obedecía en todo sentido, aprendía el inglés a pasos agigantados, ya no visitaba a los amigos, se hizo sumiso en la cama y aprendía nuevas recetas en la cocina. Se convirtió en el novio ejemplar que toda mujer sueña con tener. Francisco no sabía si sentirse orgulloso o con pena. Pero Jean Pierre aprendió a mazos en la cabeza la vivencia de aquel dicho que dice no todo lo que brilla es oro. La princesa

Americana se transformó en una bruja y cuando amenazó con deportarlo, Jean Pierre ni tonto ni loco se adelantó para regresarse a su país natal. Antes de irse, visitó a Francisco para despedirse y se dieron una borrachera de la gran puta. Pasaron algunos años y cada vez que Francisco iba a Lima de visita lo buscaba. La amistad entre los dos se mantenía estrecha. Jean Pierre se olvidó de tonterías amorosas, fundó una compañía de transporte de carga pesada con un familiar y gracias a éso llego a conocer todo el Perú conquistando alguna que otra mujer en cada puerto estilo marinero. Cada cierto tiempo llamaba a su amigo Francisco para reírse de cada ocurrencia. Ambos sabían muy bien cómo hacer reír al otro. Jean Pierre estaba muy bien informado de toda la historia con Mónica. Fue exactamente Jean Pierre quien le dio la idea de alejarse de todo y venir al Perú por un mes o dos meses para olvidar y empezar de nuevo. Francisco pensó sobre esa idea y se dio cuenta que era fácil de complacerse. Jean Pierre lo esperaba para verse, pero Francisco se había hecho difícil de contactar. Si no era que el teléfono estaba apagado, era que estaba en otro plan o avisaba para otro día. Jean Pierre ya había tirado la toalla cuando se le ocurrió llamar por última vez al ingrato de Francisco. Fue grata su sorpresa cuando escuchó que le contestó. Extrañaba a su amigo de toda la vida y el encuentro en la barra de Arturo parecía iba a ser el único chance de verse. Avisó a su socio que ese día no iba a trabajar función completa y que el día siguiente tampoco iba a asistir. Algo le hacía presagiar que la noche iba a ser duradera. Su socio le informó de ningún problema. Jean Pierre caminó hacia el lugar del encuentro con una sonrisa, pues iba a verse con su hermano del alma.

—No puedo creer te viste con la Karlita—expresó Jean Pierre—Tremendo cuerito es. Yo la vi de casualidad unos años atrás. Sólo nos saludamos.

—Hermosa mujer—recordó Francisco—Siempre tuvimos bonita amistad, pero ahora somos más que simple amigos. Quedamos en vernos antes de irme.

—Te veo templado de la Karlita—observó Jean Pierre—Provecho.

—No, hermano. Yo estoy como tú. Sólo vivo mis pasiones vivamente—contestó Francisco—Enamorarse es para pendejos.

—En eso estoy de acuerdo, hermanito—dijo Jean Pierre mientras chocaban sus vasos de cervezas—Pero hay que admitir que de vez en cuando hay una flaquita que te toca el bobo. Yo tengo una en Tingo María que cada vez que me doy mi vuelta por allá, me exprime hasta mis líquidos en el cerebro, concha su madre.

—Te seca los huevos hasta que se hagan pasitas—dijo burlonamente Francisco.

—Me hace blanquear los ojos estilo máquinas de casino—bromeó Jean Pierre—Termino con las piernas temblando como temblor en quinto piso.

—La cagada—dijo Francisco riéndose—Hay una chatita que me ha agarrado el bobo hablando en serio. Estoy que pienso y pienso en ella a cada rato. Tiene algo que me ha dejado pensando. Estoy tratando de descifrarlo—confesó Francisco.

—¿Quién?—pregunto Jean Pierre subiendo su voz—¿La conozco?

—Puede ser—analizó Francisco—es amiga de Palomita.

—¿La hija de Isabel?—pensó Jean Pierre.

—Ésa misma—dijo Francisco—Palomita me tiene loquito como tu charapita de Tingo María. El mismo efecto ocasiona en mí. Cosas de locos, huevón. Sentía que estaba a punto de un ataque al corazón cada vez que terminaba.

—Esa Palomita está regia, compadre—opinó Jean Pierre—Pero ella tuvo un hijo con Jorgito. Ese Jorge es primo de un amigo mío. Yo los veía juntos y nos enteramos que estaba en bola. Cuando mi amigo hacia fiestas, ahí la veía. Siempre la saludaba y le preguntaba por sus padres. De vez en cuando los visito.

—Ahí están la Isabel y Pedro—meditó Francisco—Esos dos se van a morir de viejitos abrazaditos. Es una de las parejas ejemplares que conozco. Estuve con ellos un par de veces y la pasamos chévere. Me quito el sombrero por ellos dos. Te hacen pensar que relaciones de por vida pueden funcionar a pesar de las dificultades y todas esas huevadas. Los respeto mucho.

—¡Ese Pedro, carajo! Fiel al castigo. Mis respetos. ¿Cómo se llama la amiga de la Palomita que te tiene pensando y pensando?

—Se llama Yessi. La conocí en una fiesta y hemos salido unas cuantas veces. Me gustaría estar con ella en este momento, pero estoy aquí contigo.

—¡Puta! ¿Ya ves? ¡Lárgate con ella, pues huevonazo! Déjame llorando aquí las penas por no verte.

—Pero es que no me entiendes. No es tu culpa. Es la mía.

—Solo pega la vuelta y no regreses, inmundo insecto.

—Es que nunca entendiste que no eres mi tipo. ¿Hasta cuándo debo explicártelo?

—Después no me llames diciendo que me extrañas, pedazo de maldito.

—Me voy por esa puerta y no me veras nunca más, desgraciado.

—¡Márchate! Pero paga la chela, pues baboso.

Los dos se rieron a carcajadas ruidosamente provocando las miradas de algunos presentes. Chocaron sus vasos y tomaron seco y volteado. La estima entre ambos era perceptible.

—Mínimo dos cajas, pues Cholo—ordenó Jean Pierre.

—Puta, que borracho eres, gordinflón—dijo jocosamente Francisco.

—Cuando la ocasión amerita, hay que sacar el talento—proclamó Jean Pierre—A sacar a relucir el hígado de acero.

—¡A la mierda! Hígado de gladiador—bromeó Francisco.

—Yo creo soy un espécimen raro de la naturaleza. Tengo dos hígados—aclamó Jean Pierre—Recién a la quinta caja me siento mareado. Descanso un rato y la continuamos.

—Tranquilo, pues barril sin fondo—respondió Francisco—Ya deja de hablar cojudeces y salud.

—¿Ya ves? Estropeas mi inspiración.

—Es que ya aburres, mi querido Frankenstein de San Juan de Lurigancho.

—Relájate pues, mi querida hormiga atómica de Chacarilla.

—Oye, cambiando de tema—dijo abruptamente Francisco—Cuéntame sobre ese Jorge que estaba con la Palomita. ¿Qué sabes sobre él?

—Es un chibolo típico y corriente—contó Jean Pierre—Sus familiares viven por el barrio. Es un tipo que actúa acorde a su edad. Está en toda la temporada de picaflor. Yo lo he visto con un par de chiquillas andando. ¿Cuál es el interés?

—Preguntando para saber. Ya sabes que me importa Paloma mucho. Es el papá de su segundo hijo y parecen han regresado—confesó Francisco—Mi Palomita se merece un buen hombre a su lado. Parece que se unieron para criar a la familia.

—Bien por ellos. ¿No crees?

—Les deseo suerte. Más nada.

—¡Uy, chucha!—expresó un sorprendido Jean Pierre.

—¿Qué pasó?—pregunto un intrigado Francisco.

—Acaba de llegar Cheryl con su amiguita—informó un emocionado Jean Pierre.

Los dos voltearon las cabezas para ver entrar al bar a Cheryl con su entrañable amiga Estrella. Las dos inspiraban de inmediato la atención masculina. Cheryl era conocida en el barrio como una chica jovial. Era infaltable en varias reuniones en el vecindario. Su rebelde actitud ante las normas de la sociedad la hizo popular entre sus conocidos. Poseía un atractivo magnético. Se vestía como típica rockera. Era muy conocedora de bandas de Rock y Punk. Inclusive aprendió algunos acordes en la guitarra. En un barrio donde predominaba la Salsa o la Cumbia, Cheryl se sentía como una forastera. Soñaba con largarse del Perú a una ciudad rockera como Los Ángeles o Berlín. Detestaba tener que aguantar los extensos minutos de transporte en una combi con un conductor estallando sus parlantes con canciones sufridas de Cumbia. Durante algunos meses estuvo trabajando en una tienda de electrodomésticos. Era un empleo que había conseguido a la insistencia de su Padre. Odiaba esa tienda y se rehusaba a aprender las funciones y características de los productos. Cuando entraba un cliente masculino algo mayor que ella, sabía que se interesaban por la compra con tan solo mirarla. Cheryl despreciaba a los hombres que se juraban Romeo y que le pedían una cita después de comprar algún aparato. Fue entonces cuando perdió la paciencia con uno de ellos que era osado a pesar de tener la esposa cerca. Cheryl expresó su malestar contra ese acoso. Su Manager que no la apreciaba se puso a favor del cliente acosador y terminó despidiéndola. Una injusticia total gritó por los cuatro vientos una enfurecida Cheryl al marcharse de esa tienda. Su amiga Estrella fue a su rescate ni bien se enteró. El suceso había sucedido sólo un par de días atrás. Cheryl ni deseaba salir de su casa. Le hervía la sangre de saber que existían esas clases de lamentables hechos aún en esta época de igualdad de géneros. Estrella la convenció de salir a tomar un par de cervezas para reiniciar una nueva etapa y elaborar un plan para escaparse del país. Cheryl sabía que las cosas no iban a cambiar tan repentinamente. Lo único que podía controlar era los efectos que ellas causaban con los hombres. Ambas eran mujeres codiciadas y atractivas fueran donde fueran. Cheryl propuso usar ese poder femenino para ver en qué lugar podían encontrar algún hombre dispuesto en invitar cervezas. A Estrella le encantaba ver cómo el dúo dinámico era capaz de volver hombres seguros en tartamudos. Lo habían logrado miles de veces. Cheryl aceptó salir con su mejor amiga. El mundo iba a seguir siendo una mierda pensaba ella. Sólo podía controlar como lidiaba con esa mierda. Y con esa intención, Cheryl se arregló y se puso uno de sus polos favoritos. El polo de la cruz de Appetite for Destruction de la histórica banda Guns-N-Roses. Esa imagen y la banda representaban su rebeldía ante la sociedad pensaba Cheryl. Estrella estaba recontra animada de ver a su amiga volver a ser ella misma. En un momento pensaron en ir fuera del barrio, pero Estrella le aconsejó quedarse por la zona puesto que de hecho algún conocido podría encontrar. Y si no fuese así, entonces sacarían crédito para pagar luego. Cheryl aceptó. La sed ya secaba su garganta. Estaban con ganas de diversión total. Estaban con ganas de dominación. Entonces las dos concordaron [de] ir a la barra de Arturo. Estrella bromeó que de hecho algún viejo verde encontraría ahí. Sólo era cuestión de pulsear como estaba el lugar. Cheryl era hincha de aquel lugar. Muchas noches de juerga fueron escritas ahí con amigos y amigas del vecindario jubiloso. Algo saldrá pensó ella.

Y fue así como se encontraron con Francisco y Jean Pierre quien era amigo suyo.

—¡Churre!—aulló Cheryl al ver a Jean Pierre invitarla a su mesa con la mano.

—Ese Churrito nos rescató el día—expresó Estrella mientras seguía a su amiga caminar a la mesa donde las esperaban.

—Hola, mis queridas Cheryl y Estrellita—saludó Jean Pierre parándose para dar a cada una un beso en la mejilla— Les presento a mi gran hermano Francisco visitándonos desde la cálida ciudad de Miami.

—¿Desde Miami? ¡Qué bonito!-expresó Estrella mientras saludaba a Francisco con un beso en la mejilla al igual que Cheryl—Yo tengo mi hermana y mi cuñado que viven en Ft. Lauderdale. Algo así.

—Eso es una hora al Norte de mi casa. Más o menos— explicó Francisco.

—Y cómo te trata nuestro Perusalen querido—preguntó Estrella ya sentada y esperando que le trajeran su vaso.

—Ya me regreso en cuatro días. He estado un mes por aquí—comentó Francisco con una sonrisa algo coqueta.

En ese instante llegó la muchacha que atendía con los vasos respectivos para las chicas. Jean Pierre agradeció y empezó a servir la cerveza.

—¿Y recién nos avisas? ¿Por qué no nos avisaste, Churre?— preguntó Estrella—Se hubiese haber podido inventado algo.

—Recién lo veo yo también. Ha estado desaparecido— vociferó Jean Pierre.

—¿Por dónde has estado metido, bandido?—dijo una coqueta Estrella.

—La verdad me la he pasado con familiares. Tengo una Tía algo enfermita en el hospital. Casi por las últimas—mintió Francisco—Y he estado apoyando. Hoy día acepté salir con mi compadre porque ya era hora me divirtiera alguito. Necesitaba desestresarme aunque sea unas horas. ¿Entiendes, no?

—Pobrecito, el gringo—lamentó Estrella tocándole la mano como en gesto de entendimiento—Yo también tuve un Tío que estuvo en el hospital por meses y se murió de cirrosis. ¡Salud por mi Tío!

Los cuatro chocaron sus vasos de cerveza en señal del respeto para el Tío ya fallecido y la Tía enfermita de Francisco que había acaparado la gran mayoría del tiempo en sus vacaciones. Cheryl observaba en silencio a Francisco quien le parecía algo apuesto. Francisco logró captar los ojos de Cheryl por unos segundos. Le gustó su atuendo y mirada profunda. Jean Pierre le tenía un hambre voraz a Estrella desde ya hace buen tiempo. Su rostro parecía el del lobo mirando a Caperucita Roja versión porno. La había conocido en una fiesta meses atrás y hasta había conversado con ella pero nada se había concretado.

—Ése es uno de mis álbumes favoritos y en mi opinión uno de los top diez de todos los tiempos—opinó Francisco mientras apuntaba el polo de Cheryl quien se sorprendió porque no esperaba el comentario—Ellos fueron una de las razones importantes porque el heavy rock seguía sonando durante la época del grunge que fue excelente sin duda, pero la desfachatez y vehemencia de Guns fue brutal. Si ellos no se separaban de la forma como lo hicieron, en mi opinión pudieron hasta superar a Led Zeppelin en la mejor banda heavy de la historia. Pero es sólo mi opinión. Otras personas tienen sus pensamientos y se respetan.

—¿Cuál es tu canción favorita del álbum?—preguntó una total sorprendida Cheryl.

—La verdad y quizás te dará risa porque es la más tocada: Sweet Child O'Mine y lo digo porque su letra me trae recuerdo de mi niñez y es tierna, pero si me preguntas en mi opinión cuál fue la mejor canción del álbum te respondo que Rocket Queen—profesó Francisco—Obvio, Mr. Brownstone ó It's So Easy son calidad pura y ni hablar de Paradise City que es todo un himno que he escuchado a varios hinchas decir es la mejor de todas. Es un tema larguísimo. El álbum es histórico por donde se le vea y me gusta tu polo.

—Concordamos en algo—mencionó Cheryl.

—¿En qué?—preguntó Francisco.

—En canción favorita y la que consideramos es la mejor de todas—sonrió Cheryl al decirlo—Bueno, la verdad en todo lo que dijiste.

—Los Rockeros se pueden ir a otra mesa si desean—dijo burlonamente Jean Pierre apuntando a una mesa al otro lado—Yo me quedo conversando con Estrellita sobre Dina Paucar o Aguamarina.

—Estás huevón—dijo Estrella riéndose—A mí me gusta Alanis Morrisette, Gwen Stefani, Lady Gaga, Beyonce y toda mujer que cante bonito.

—Marisol canta bonito igualmente—opinó Jean Pierre.

—Claro que si canta bonito, pero lo único que hace es quejarse de los hombres y yo pienso que son criaturas preciosas—respondió Estrella mientras apretaba con sus dedos un cachete de Francisco juguetonamente—A ver cuenta una historia tierna que te haya sucedido.

—Una vez puse en peligro mi pellejo para salvar un perrito que estaba estancado en la pista—contó Francisco—Fue justamente aquí en La Primera de Pro y tuve que esquivar carros y combis asesinas estilo película de Keanu Reeves para ayudar ese pobre perrito. Cuando lo cargué escuchaba cómo me aplaudían desde un bus los pasajeros. Me sentí todo un héroe.

—¡Qué hermoso!—clamo Estrella—¿Ves? Yo no escucho canciones de mujeres sufridas rajando de hombres. Si tu perdiste tu hombre es porque algo mal hiciste, pues cojuda. La mujer debe saber cómo mantener al hombre a su lado.

—Eso no decías el mes pasado te recuerdo—comentó Cheryl.

—Bueno, hoy día cambié de opinión—se defendió Estrella causando risas.

—¿Y qué les trae este alumbrado día por estos lares?—preguntó Jean Pierre.

—Lo mismo que ustedes—contesto Cheryl—Celebrar lo positivo de esta vida a pesar de las negatividades que uno se puede encontrar en cada momento ya sea gracias a personas que generan un ambiente de caos logrando motivar el apetito de destrucción a lo que no te sirve y si tienes que reventar la nota perfecta para romper esa disonancia, pues aquí estamos. ¿Te parece?

—Bien dicho—exclamó un sonriente Francisco.

—¡A su Madre!—expresó Jean Pierre—Dos vasos de cervezas y ya estas así de filósofa. Cuando estemos en la segunda caja me vas a contar la vida de Aristóteles o de Mephisto. ¡Concha su madre! ¡Flaquita, dos cervezas, por favor!

—¿Te gusta Rage against the machine?—preguntó Francisco a Cheryl.

—Muchísimo—asintió Cheryl—Lástima se rompieron.

—¿Y qué haces por la vida, gringuito?—curioseó Estrella.

—Trabajo en una compañía disquera—dijo Francisco tratando de atraer la atención de Cheryl—Escuchamos bandas y músicos de todos los géneros a ver cuál se merece un contrato para grabar. Es un trabajo muy interesante que me gusta mucho y me permite viajar por varios lados en busca de talento.

—¡Qué lindo!—dijo aplaudiendo Estrella y volteó la mirada en dirección de Cheryl—Es de los tuyos, querida. Se nota debe saber mucho de música.

—Es un cerebrito, mi compadre si supieran—dijo un orgulloso Jean Pierre.

—¿Salud?—motivó Francisco alzando su vaso y continuó bebiendo.

—¿Y tienes enamorada?—preguntó directamente Estrella.

—No. ¿Y ustedes?—interrogó Francisco mirando fijamente a Cheryl.

—En esta época no se necesita pareja para ser feliz—aseguró Estrella—Yo veo muchos infelices, enfadados y distanciados por el barrio por temas del amor y solo me río porque uno puede tener la libertad de escoger y ser feliz a su manera. ¿No crees? Una puede escoger si se cambia de sexo o simplemente se mantiene sóla. Puedes tener cinco amantes al mismo tiempo o ser fiel. Es la decisión de cada uno. Yo y mi comadre vivimos la vida como nos plazca.

—Me gusta tu profundidad, Estrellita—dijo un interesado Jean Pierre.

—Y a mí me gusta esa sonrisita pendejita que tienes—coqueteó Estrella provocando la risa de todos—Pareces un angelito gordito.

—¿Te gusta Megadeth?—preguntó Cheryl a Francisco.

—Los vi en concierto tiempo atrás—confesó Francisco—Fue el concierto donde me cayó más patadas y codazos. Salí molido de ahí.

—Dave Mustaine es uno de mis crushes del Rock—comentó Cheryl—No es muy atractivo como otros pero tiene una inteligencia del carajo. Yo comparto la teoría que lo expulsaron de Metallica por ser el más talentoso de todos.

—Una vez opiné lo mismo en una conversación rockera con unos amigos en Miami comparando con la situación de Pete Best en The Beatles y me quisieron linchar—dijo riendo Francisco—Comparto tu opinión de veras. Pero en los dos casos fue lo mejor que hicieron para despegar. Dave es el mejor caso de empezar de cero. Es severa enseñanza el tipo. Me alegró mucho cuando se reconciliaron.

—Yo lloré cuando lo vi tocando de nuevo con Metallica—dijo Cheryl.

—¿Pueden hablar de Juaneco y su Combo?—dijo un exasperado Jean Pierre—Yo he escuchado de esas bandas pero no entiendo lo que hablan.

—Deja que se conozcan, gordito lindo—ordenó Estrella.

—¡Ah bueno! ¡Salud, entonces!—comandó Jean Pierre para chocar vaso de nuevo.

Y la jarana continuó por algunas horas con comentarios graciosos de cada uno. Las risotadas se escuchaban por todo el bar. Durante toda la tarde, Francisco se sentía atraído por Cheryl quien estaba algo tímida pero con el correr de los minutos y vasos, empezó a reírse y comentar anécdotas chistosas. La primera caja se acabó para empezar la segunda. Con cada sorbo de cerveza, la alegría se iba acentuando. Como era una reunión de cuatro personas, cada botella se iba consumiendo de manera ligera. La tarde calurosa invitaba a una noche igualmente cálida motivando que la cerveza refrescara y matara cualquier agobio o preocupación. Cuando la segunda caja se acabó, la mejor idea fue empezar la tercera caja. Cheryl seguía impresionada por el conocimiento extenso musical que profesaba Francisco. Jamás había conversado con alguien similar en aquel barrio. Las horas pasaban amenamente. Estaban en apogeo fiestero cuando se acercaron dos tipos rudos con rostros de amenaza.

—¡Oye, gordo! ¿Cuándo me vas a dar chamba?—preguntó uno de ellos.

—¿Qué tienes, oye imbécil?—respondió Jean Pierre.

Francisco vio cómo su amigo en cuestión de segundos se convertía de un tierno osito de peluche a un peligroso oso feroz. El conocía muy bien ese lado de Jean Pierre. Lo había visto en una gresca contra tres tipos al mismo tiempo en un bar de Miami. Jean Pierre con sus movimientos agiles fue capaz de someter a esos tres tipos mandándolos al hospital. Francisco ayudó al escape ya que sabía que si la Policía llegaba a la escena, Jean Pierre no terminaba la noche sin ser deportado. Vio a los dos tipos rudos que habían entrado a fastidiar la plácida noche y no le tomó ni un segundo darse cuenta que Jean Pierre destrozaría cualquier orgullo masculino que pudieran tener. Francisco sabía que sería todo un espectáculo digno de pagar para ver, pero el bar de Arturo no era conocido por batallas internas.

—¿Compadres, que tal si les invito un par de cervezas y dejamos esta discusión para otro día?—apaciguó Francisco.

—¿Quién eres tú? ¿Qué haces con mi hembra?—preguntó el segundo rudo.

—¡Vete a la mierda, oye huachafo imbécil!—chilló Estrella—¿Qué chuchas te crees? Eres un tipejo. ¡Lárgate, mierda!

—Ya escuchaste a la señorita—dijo un desafiante Jean Pierre con botella vacía de cerveza en mano—A menos que desees que nos entendamos afuera.

—Sólo deseo me des trabajo como me merezco—dijo el primer rudo.

—Te recuerdo ustedes dos me quedaron mal la vez pasada—recordó Jean Pierre apretando la botella y usándola para apuntar—Y si no les di santa canuta es porque Gary me detuvo. Tienen dos opciones: Santa canuta o se meten al hueco de donde vinieron.

—¿Y si aceptamos las dos cervecitas que nos ofreció tu pata?—preguntó el segundo rudo.

—Te las doy si le pides disculpa ahora mismo a la señorita—ordenó Francisco.

—No te olvides le debes plata a mi papá, tarado—recordó Cheryl.

—Disculpas y le pagas al Señor Padre de Cheryl—volvió a ordenar Francisco.

—Me disculpo, Estrellita. Perdóname. Dile a tu papito que ni bien consiga una chambita me aparezco por tu casa, Cherylta—dijo el segundo rudo.

—Pide tus chelas en mi nombre—dijo Francisco motivando que los dos tipos ordenaran sus cervezas.

—Yo que tú no les doy ni mierda—dijo algo enojado Jean Pierre.

—Mejor así, gordito. No quiero que te pelees—dijo Estrella—Se te ve tan bonito todo pacífico y chistosito.

—Yo no estoy cómoda con ese par de intensos tomando a mi costado—dijo una fastidiada Cheryl—Donde van siempre causan chongo.

—¿Qué propones?—preguntó Francisco.

—Vamos a un lugar que podamos escuchar algo de música—propuso Cheryl.

—Podemos ordenar un pollo a la brasa y vamos a mi casa—dijo Jean Pierre—Ahí pueden escuchar toda la música que desean y nadie nos jode.

—¿Pueden ser dos pollos?—preguntó Estrella—Tengo mucha hambre.

—Dos pollos y medio porque tengo un hambre descomunal—dijo Jean Pierre ya tranquilizado — ¿Algo más que desees, preciosura?

—¿Chelitas?—coqueteó Estrella.

—¡Puta! ¿Ya ves?—coqueteó Jean Pierre—Yo pedí libre mañana, así que ésto va a durar hasta las últimas consecuencias.

Francisco y Cheryl intercambiaron miradas complacientes. Sabían que sus amigos ya estaban algo entonaditos. Los caballeros pagaron las dos cajas y media consumidas y se marcharon. Jean Pierre ordenó desde su celular el delivery de los dos pollos y medio a su casa. Pasaron por una bodega cercana y pagaron por otra caja de cervezas la cual cargaron las chicas en son de broma. Francisco se reía viendo las bromas que decía Estrella como si fuesen camioneras cargando sus chelas. El camino a casa de Jean Pierre fue divertido. Ni bien entraron al departamento acogedor que tenía dos habitaciones, instalaron las botellas en el refrigerador y prendieron la Televisión para acceso al YouTube. Francisco tenía ideas de canciones que iba a poner para seguir impresionando a Cheryl. Los dos pollos y medio llegaron en tiempo preciso ayudando a bajar la cerveza y compartir un momento agradable de cena. Dio en el punto. La química entre los cuatro ya estaba determinada. Conversaron por buen rato y cuando recordaban al par de rudos, las bromas inspiradas en ellos eran intercaladas. Estuvieron como una hora sin consumir alcohol hasta que Jean Pierre indicó el momento para continuarla. Sacó cuatro vasitos y actuó como bartender. Y la jarana se reanudó. Jean Pierre puso unas canciones bailables motivando a Estrella a unirse. Francisco y Cheryl veían como bailaban pegaditos de manera cómica. Así estuvieron por largos minutos provocando las risas de los cuatro. Fue cuando ya preso de sus deseos, Jean Pierre susurró algo inaudible en la oreja de Estrella que le hizo reír. Estrella le agarró la mano y se dirigieron al cuarto de Jean Pierre para cerrar la puerta dejando a unos asombrados Francisco y Cheryl en la sala con risotadas viendo aquel espectáculo inesperado y repentino. Una vez ya solos, Francisco magistralmente agarró el control remoto para empezar de manera categórica la sesión de Rock. Cheryl sintió como su cuerpo se estremeció.

—Paul McCartney sin duda—comentó Francisco—Fue el más talentoso de los cuatro. Llegó a tocar todos los instrumentos. Mi favorito.

—El mío es John—dijo Cheryl—Su conchudez, carisma, su constante lucha contra el gobierno, lo injusto y hasta defendiendo su gran amor. Cada ocho de Diciembre prendo una vela y me tomo un trago en su nombre.

—Me imagino escuchas Motley Crue—adivinó Francisco.

—Muero por ellos—confesó Cheryl—Ya te puedes imaginar otro crush personal es Vince Neil. No tanto por lo guapo, es por la exuberancia que se maneja.

—Ya te voy contando dos crushes—recordó Francisco—Dave y Vince.

—Otro crush personal es Steven Tyler. Esa bocaza que tiene me hace alucinar a lo malo—dijo Cheryl riendo de su comentario—Normal. Aparte que Aerosmith es una banda importante. Siempre me gusto ese tipo. ¿Y tú?

—Para nosotros están hermosuras como Lita Ford, Dolores O'Riordan, Pat Benatar, entre otras, pero la que me estremece con su voz, pasión y carita tierna es sin duda la gran Janis Joplin. Ella se lleva mis delirios.

—Ella es heroína mía igualmente. Si yo hubiese sido cantante de Rock, la hubiese emulado a Janis. Salud por ella.

—Salud por la gran Janis. ¿Has escuchado alguna vez a Flogging Molly?

—La verdad no. Son de Irlanda creo.

—Sólo el cantante es irlandés. La banda se formó en Los Ángeles. Me fascina la fusión de instrumentos que tiene y la profundidad de las letras. Muchas veces cuando me he sentido melancólico, pongo canciones de ellos y ahí mismo me ves saltando y bailando. Te motiva alegría y cantan sobre muchos aspectos de la vida como temas políticos y sociales. Te lo recomiendo cuando estés sola para que le pongas atención. Es algo diferente a las bandas que escuchas, pero vale la pena.

—Ya que lo pones de esa manera, te haré caso. Para que no digas que soy una rebelde sin causa.

—¿Acaso no lo eres?

—¿Qué opinas?

—A ver te pregunto algo chistoso. Dime alguna música o banda que te guste de manera clandestina siendo algo totalmente fuera de tu carácter. Algo que no le cuentas a nadie por miedo que se te joda la reputación. Algo que no me espero. A ver llénate de valor y dilo—preguntó un coqueto Francisco a una risueña Cheryl.

—No le cuentes a nadie, carajo. Lo que escucho de vez en cuando y me hace bailar solita en mi cuarto es la Cumbia Colombiana. Casi siempre que deseo escuchar algo movidito pongo mix de Cuarteto Continental. Me pongo a bailar como una cojuda solita en mi cuarto hasta que se me quiten las ganas. Ya de ahí me normalizo y escucho algo de Pantera.

—Ya sabes cuál es mi canción del Cuarteto. La cosecha de mujeres nunca se acaba, la cosecha de mujeres nunca se acaba—cantó Francisco meneando los hombros.

—Claro la canción tuya y de todos los hombres. Típico.

—Bromita, pues mi Janis de Los Olivos.

—¿Tienes hijos?—preguntó Cheryl.

—No. ¿Tú?

—No soy muy amante de los niños y de ataduras. Me gustaría viajar por el mundo estilo hippie o trabajar como tú en la industria musical.

—¿Sabes tocar algún instrumento?

—Aprendí algo de batería. Cuando me siento frustrada o necesito desahogarme, me voy donde un amigo que tiene su batería y me alucino Keith Moon.

—¡Carajo! Conoces The Who. Muy bien por tí.

—Justamente ese amigo de la batería me habló de ellos. Les dí un intento y me gustaron bastante. Pete Townshend es otro de mis crushes.

—¡Qué milagro no dijiste Roger!

—Veo ya vas conociéndome.

—¿Hacemos un trato? Me das un beso si adivino quien es tu crush número uno.

—¿Y que ganó yo si no aciertas?

—Me dejas con las ganas y me echas cerveza en la cabeza. ¿Te parece?

—Tú mismo estas con las ganas de lanzarte a la piscina. A ver adivina.

—Primero pensé era uno de las bandas que has comentado. Pero no, muy fácil. Entonces basado en tus gustos esporádicos y analizando las estadísticas usuales me voy a mandar con mi selección. El number one es el poeta Jim Morrison.

Cheryl lo miró por unos segundos y lentamente se acercó a Francisco con la botella de cerveza en mano. Su brazo se alzaba con la botella hacia la cabeza de Francisco quien estaba inerte y silencioso esperando el chorro. Cheryl seguía acercando sigilosamente y cuando estaba a punto de derramar lo concordado, sus labios chocaron suavemente con los labios de Francisco. El beso fue tierno. Cuando lo terminó, Cheryl se alejó lentamente mirando fijamente a Francisco.

—Amo a Jim pero mi número uno es Axl Rose. ¿No ves mi polo?—dijo una sonriente Cheryl con una gran sonrisa.

—Entonces yo—dijo Francisco pero se detuvo al sentir un chorrito de cerveza deslizándose en su frente a la cara motivando su risa—¿En qué momento?

—¿Viste? Estabas tan distraído por mi beso que ni te diste cuenta el poquito de cerveza en tu cabecita. No quería malgastar la chela tampoco.

—Tiempo que no hablaba con alguien de música de manera tan elaborada y extensa—analizó Francisco—Deberíamos hacer ésto seguido.

—¿No dices que ya te regresas a USA?

—Claro, pero puedo regresar en cualquier momento y te traigo música que se hace algo difícil encontrar aquí.

—Paso a paso, querido.

—Me encantó tu besito.

—Me sorprendería si hubiese sido lo contrario.

—Es mi turno entonces.

Cheryl se aquietó al ver Francisco acercarse a ella y quedarse inmóvil a poquitos centímetros de ella. El contacto visual entre ambos expresaban lo que sus cuerpos deseaban. Francisco aprovechó esa cercanía para estudiar el lindo rostro de Cheryl. Cuando ella abrió su boca sutilmente, Francisco la besó de manera seductora. Cheryl gimió al sentir esos besos. Nadie la había besado tan imponente como Francisco. Rápidas imágenes de jóvenes a quienes había besado que sólo lograban babear en sus labios con extrema desesperación corrían por su mente. Francisco era lo opuesto. Con tan sólo el contacto de sus labios de esa manera apasionada y los cambios sutiles de ritmo, Cheryl pensó que Francisco sabía lo que hacía. Por primera vez en su corta vida, Cheryl sintió que no manejaba la situación como estaba acostumbrada. Era Francisco quien estaba encima de ella controlando las caricias y besos. En cuestión de segundos su cuerpo estaba estremecido de placer y deseos. Cuando Cheryl sintió a Francisco posicionarse de manera atrevida maniobrando su erección y aún todavía vestidos, abrió los ojos de manera repentina.

—Aquí no—reclamó Cheryl frenando a Francisco—Vamos al cuarto.

—Tienes razón—aceptó Francisco—En cualquier momento puede salir la parejita del año.

—Exacto.

Francisco y Cheryl se pararon del sofá para dirigirse a la habitación desocupada y continuaron el besuqueo que ella estaba admirando. Francisco percibió los deseos de Cheryl y le quitó el polo para luego desabotonar su sostén. Cheryl aceptaba el desnudamiento. Francisco continuaba besándola mientras se desnudaba. Cuando Cheryl estaba totalmente desnuda y echada en cama, Francisco hizo una de sus mejores sensualidades que era besar su cuerpo enteramente suavemente hasta llegar a su conocido dote de manipulación oral. Cheryl no estaba acostumbrada a tales manipulaciones y llegó al orgasmo en cuestión de segundos. Su asombro era mayor al ver que Francisco era incansable en mantenerla satisfecha. Francisco volvió a posicionarse encima de ella para la tan ansiada penetración. Cheryl no entendía si era el efecto del alcohol o el tamaño perfecto del pene de Francisco para su estrecho vientre o el gusto sexual desmesurado hacia una persona que la había sorprendido en demasía gracias a su conocimiento musical pero consiguió su segundo orgasmo. Francisco seguía erecto cuando Cheryl le pidió un descanso. El segundo orgasmo había sido intenso y necesitaba recuperar su aire. Fue entonces cuando la paciencia llego a su fin. Cheryl deseaba recuperar el control a toda costa. Y sabía qué hacer. Pensó en lo que siempre le funcionaba. Francisco se dejó guiar por Cheryl que cambió la posición y se puso encima de él. Esta pose iba a lograr que Francisco detonara en fulgor. Cheryl empezó a moverse encima de Francisco y al escuchar los jadeos sabía que iba por buen camino. En éso ella sintió un placer enorme. Los jadeos más sonorosos provenían de ella. Aunque era increíble e inevitable, el tercer orgasmo se estaba formulando. A Cheryl se le escuchaba emitir gritos de placer mientras que su corazón latía a mil. No pudo contenerse y empezó a besar locamente a Francisco quien continuaba al acecho de su placer. Cheryl estaba por perder el control nuevamente de la situación y sentía que debía hacer algo para distraerse. Empezó a lamer las tetillas y a morder los pectorales de Francisco dándole placer doloroso. El arrebato estaba llegando a su cumbre. Cheryl se acercó al cuello de Francisco para morderlo repetidas veces. Estaba tan ida en su desnivel que hacía caso omiso a los pedidos de Francisco de detener aquellas mordidas. Cheryl chupó el cuello a Francisco dejándole un severo moretón. Francisco se perturbó pero no pudo evitar su orgasmo que gracias a los placeres dolorosos fue más intenso de lo esperado. Ambos estaban desbordando de éxtasis. El enojo de Francisco pasó a un segundo plano mientras trataba de recuperar el aliento. Cheryl estaba desparramada en la cama después de haber experimentado su primera sesión sexual multi-orgásmica. Cuando los latidos de los corazones regresaron a sus palpitaciones regulares, Cheryl se disculpó con Francisco sobre las mordidas al darse cuenta de la incomodidad. Francisco sentía palpitación en su cuello debido a la mordida. No quería incomodar a Cheryl pero su rostro lo decía todo. Ya era algo tarde.

—Creo debo irme—dijo Cheryl.

—No. ¡Quédate, por favor!—pidió Francisco.

—Es que te veo fastidiado y no me gusta estar donde hay fastidio.

—Ya se me pasará. Tranquila. Estuvo fenomenal. Me dejaste batido.

—Se me pasó la mano. Disculpa.

—Me gustó mucho. Te soy sincero.

—¿Seguro?

—Segurísimo, mi Janis.

—Nunca he mordido a nadie tan severamente. Estoy totalmente sorprendida.

—Nunca nadie me ha mordido como tú. Voy a tener que usar cafarena para que no se burlen.

—Creo que la cafarena va a ser el motivo de burlas en vez de la chupada.

—Tienes razón. Ya fue.

—Tienes un moretón en tu pecho también. Disculpa.

—Me falta en el muslo nomás para estar completo.

—¿Me permites?

—Si te pone contenta y me prometes no morderme tan fuerte de nuevo. Soy todo tuyo.

Cheryl se movió hacia el muslo de Francisco y le dio la mordida que faltaba. Francisco dio un grito mesurado de placer y dolor. Para la gran sorpresa de ambos, Francisco tuvo una nueva erección.

—Muérdeme en el otro muslo, por favor—ordenó Francisco.

Cheryl hizo caso dejando otro chupetón en el muslo opuesto. Francisco sintió como su erección agarró fuerza.

—Pensé que no te gustaba—opino Cheryl.

—Creo que sólo contigo me está gustando—dijo un asombrado Francisco.

—¿Deseas otra?

—Ya que estamos en plena jarana ya no pares.

Cheryl mordió repetidas veces a Francisco que una vez saciado sus ganas de recibir aquellas mordiditas del placer, se colocó encima de ella y empezó el segundo round. Cheryl nunca se imaginó al salir de casa aquella tarde para buscar alguien que le invitara unos tragos que sería su mejor noche sexual hasta el momento en su corta edad. Al terminar el segundo round, ambos se quedaron dormidos debido al cansancio por unas horas. En alta horas de la madrugada, Francisco despertó con la garganta seca. Se fue a la cocina para servir dos vasos de agua. Cheryl había despertado igualmente y estuvo agradecida con el gesto del agua. Ya estaban descansado los dos. Todavía era oscuro en la casa y en las afueras. Mediante el teléfono, Francisco usó su cuenta de YouTube para poner canciones gustadas por los dos. La conversación sobre historia musical continúo con algunas risas y aciertos. Y producto de aquello, el tercer round se formuló.

Algunas horas luego, Cheryl despertó en los brazos de Francisco. El sol estaba brillando sus rayos mañaneros. Francisco también despertó al sentir los movimientos de Cheryl. Los dos estaban con hambre. Francisco y Cheryl fueron juntos a la cocina donde Francisco abrió la refrigeradora y encontró huevos. Cheryl saco batidora y un envase. Juntos se pusieron a preparar tortillas de huevos con algunos ingredientes que encontraban. Cheryl vio la cafetera instantánea que estaba situada en un rincón y preparo el café. Las tortillas salieron estupendas y el cafecito era santo remedio después de la jarana del día anterior. Cuando terminaron el desayuno, como un buen equipo, Cheryl lavó los platos y Francisco los secó. Dejaron la cocina con buen semblante. Ambos estaban orgullosos de la hazaña. Estaban conversando cuando de repente se escucharon gritos provenientes del cuarto de Jean Pierre. Era la voz de Estrella que reclamaba algo. Francisco y Cheryl se asustaron y pensaron lo peor. No lograban distinguir el tema los reproches. Entonces la puerta se abrió bruscamente y Estrella se marchaba raudamente de aquella habitación.

—¡Vámonos de aquí, Cheryl!—ordenó chillonamente Estrella que se largaba de la casa con cara de pocos amigos.

—Este, yo—balbuceo Cheryl que no entendía que ocurría y se quedó estática al ver que Estrella se iba completamente del lugar.

—Anda con ella, mi Janis—sugirió Francisco.

—Mucho gusto de conocerte—dijo Cheryl dándole un último beso a Francisco antes de correr tras su amiga.

—¿Qué sucedió? ¿Qué hiciste, huevas?—preguntó Francisco a Jean Pierre que salía de su cuarto en calzoncillos.

—¡Que se vaya esa loca de mierda!—expresó Jean Pierre algo enfadado.

—¿Qué pasó, gordo?

—Nada. Se pone en plan de joda. Con razón esta soltera la cojuda esa.

—¿Me vas a contar que pasó o nó?

—Estábamos en pleno jamoneo cuando me llamó una amiga que tenemos en común. Y por más que le digo que no tengo nada de nada con ella, no me cree. No es mi culpa que esa amiguita tiene su famita. Conmigo no es la cosa. ¡Puta Madre! Y tan lindo que estuvimos anoche. Linda la había hecho. ¡Carajo!

—¿Y por qué te llama tu amiga tan temprano?

—¿Oye, tú también me vas a hacer el mismo reclamo?

—Es algo lógico que te reclamen eso especialmente después que has estado con ella en la cama. ¿No crees? Ahora, no entiendo la razón que no te cree si le has confirmado no tienes nada con la otra amiga.

—Éso es lo que me jode. Te apuesto que si tuviera algo con esa otra flaca, nada de esta cojudez pasaba. Me llamó para pedirme servicio de camión para un colega suyo. Fue llamada de negocio y esta huevona me hace el escándalo. Ya porque la otra se comió a su ex me meten en esa novela.

—Ah bueno, viene con novela incluída la huevada.

—Y con lo que me gusta la Estrellita, carajo. Me gusta un culo esa flaquita. Rico se mueve, concha su madre. Me cago parado.

—Me imagino que se le pasará.

—¿Y tú? Cuéntame. ¿Qué tal con la Cheryl?

—Preciosa flaquita. Nos llevamos muy bien. Congeniamos y todo.

—Puta Madre, ha sido bravo el congenio. Mira ese chupetón, carajo. Parece que te hubieses puesto una aspiradora en el cuello—opinó Jean Pierre carcajeando.

—Me agarró desprevenido—contó Francisco.

—Le diste su estate quieto me imagino.

—Mira—dijo Francisco mientras alzaba su polo para enseñar los moretones en su pecho causando más risas de parte de Jean Pierre.

—Puta que bravita salió esa Cheryl. ¿Estaban teniendo relaciones o te estaba comiendo con tenedor y cuchillo?

—Es su estilo. Demasiado tarde para no tenerlos.

—Tengo un hambre severa. ¿Ya desayunaste?

—Ya desayuné junto con Cheryl. Gracias.

—¿Qué vas a hacer más tarde?

—Por ahora deseo descansar. Luego me voy a encontrar con Yessi.

—¡Ah verdad! Tu agarre que te movió el piso.

—Algo por el estilo. ¿Y tú qué piensas hacer?

—Pensaba continuarla pero no cagarla ya que mañana de hecho tengo que ir a trabajar. Tenemos una carga grande y como jefe debo estar. ¿Te gustaría ir a ver como es la chamba?

—Claro. Puede ser. Yo te aviso. Nunca te he visto trabajando.

—Puedes conocer a mi gente y de paso nos vamos a almorzar con unas cervecitas. Siempre nos juntamos con los trabajadores y la pasamos genial.

—Puede ser.

—¿Hiciste café?

—Cheryl lo hizo. Muy bueno. Ahí dejamos un poco para ustedes.

—No me hagas recordar. Yo estaba planeando ir a comprar tamalitos para comer los cuatro. ¡Ay, Estrella! ¿Por qué te alocaste?

—Tranquilo, hermano, ya la veras y te perdonará.

—¡Ni huevas! Yo no me meto con locas de ese calibre. Por eso disfruto mi soltería y ninguna tóxica me va a cambiar.

—Veo ya aprendiste.

—Hace rato. No suelo cometer los errores del pasado como decía mi abuelito que terminó casándose cinco veces.

—La cagada tu abuelito. ¿Sigue vivo?

—Ése huevas va a vivir culeando hasta los cien años. Toda una leyenda.

Después de pasar un buen rato con Jean Pierre y sus historias, Francisco regresó a su habitación para refrescarse. Intentó con jabón eliminar en algo los moretones en su cuerpo sin ningún resultado positivo. Se sentía algo cansado, entonces decidió dormir unas horas para estar fresco planeando su reunión de la tarde. Fue entonces cuando recibió el mensaje de Paloma para encontrarse aquella tarde cambiando repentinamente cualquier plan pensado. Francisco lo pensó por algunos minutos y decidió verse con ella para no regresarse distanciados. Y aceptó la propuesta. Antes de dormir, una risotada se escapó al recordar cómo había reaccionado su cuerpo al sentir las mordidas. Francisco pensó que se estaba convirtiendo quizás en un maniático sexual y se durmió.

# LA RESACA

Francisco abrió la puerta de su departamento, entró a su cuarto, tiró las maletas en un rincón y se desparramó en su cama. El riguroso proceso de aterrizar, recoger las maletas, pasar aduana, esperar impaciente la investigación de las maletas para ver si encuentran algo ilícito, esperar el Uber, serpentear el tráfico de Miami hasta llegar a su cama había sido verdaderamente fatigante. Su cuerpo no daba ni un minuto más. Francisco durmió por varias horas. Se sentía algo afligido porque su histórica vacación estaba terminada. Despertó para la hora de la cena con un desgano total. No tenía nada que comer así que ordenó una pizza con alitas de pollo. Tenía el teléfono apagado durante todo el día porque no deseaba hablar con nadie del mundo. Había regresado a su realidad. Después de botar los desechos y prepararse para la noche, algo le llamó la atención. En el piso había un papelito como si alguien lo hubiese deslizado por debajo la puerta. Era como una notita en papel amarillo. Lo recogió y se leía: "Francisco, por favor ni bien leas esto, comunícate conmigo. Gracias. Daniel". Francisco leyó que el teléfono de Daniel estaba en la nota. La nota parecía haber estado varios días esperándolo pues estaba algo empolvada. Francisco no le tomó importancia y pensó que lo llamaría en otro momento. Por ahora sólo deseaba dormir.

—¿Cinco flacas? ¿En serio? ¡Carajo, primo! Eres todo un verdadero mujeriego empedernido—exclamó alegremente Koki mientras conversaban por teléfono—¿Y por qué te detuviste en cinco?

—¿Sabes lo complicado que es mantener cinco mujeres al mismo tiempo sin que se den cuenta?—preguntó Francisco.

—No. Al mismo tiempo he tenido solo dos y si fue una chambaza—analizó Koki—Cinco es digno para que des clases de Maestría, primo.

—Y todas fueron mujeres divinas—recordó Francisco.

—Me imagino que no cometiste el pecado capital. No te enamoraste. ¿Verdad? Recuerda, esa es la regla principal—repitió Koki.

—Tranquilo, primo. Ellas están allá y yo acá. Ningún problema.

—Está bien, loco. Está bien. ¿Cuándo nos vemos para conversar con algunas chelitas y me des detalles? Carajo, creo debo aprender de tí.

—Déjame volver al trabajo, ver cómo están las cosas. Llevo en cama dos días de antisocial desde que regrese. Tengo que ponerme al día y ahí te llamo. Me gustaría ir contigo por un fin de semana en Key West a ver que pescamos por esa zona. Quiero aprovechar mi buena racha.

—¡Ese es mi primo, carajo! Así te quiero escuchar. Contento y motivado. A ver cuando la hacemos. Haz tus cosas y me llamas.

—Listo.

Francisco colgó el celular y lo puso a un costado. Efectivamente como se lo había informado a su primo Koki, había pasado los dos pasados días postrados en cama con desgano total. Tenía centenares de mensajes no respondidos de varias personas. Era hora de pararse y volver a su rutina. Francisco llamó a la oficina de su trabajo donde lo estaban esperando para reuniones y labores futuras. Francisco tenia bien claro que debía reponerse de todo lo gastado durante las vacaciones y aceptó el futuro trabajo. Su cabeza estaba inundada de las memorias que se repetían. Francisco suspiró y se puso a contestar todos los mensajes recibidos. La gran mayoría eran mensajes de las personas en Perú deseando saber las condiciones de su regreso. Le tomó un par de horas contestar y devolver llamadas. Rió en varias de las conversaciones y su alma volvió a cobrar vida. Francisco pensaba que debía regresar ni bien pudiese. Una vez terminado de contestar los mensajes, Francisco sintió hambre. Todavía no había ido al supermercado, así que decidió irse a comprar abastecimientos para las venideras semanas. Un par de horas luego mientras cenaba, Francisco tuvo la grandiosa idea de cambiar los settings de la aplicación de Tinder y empezó a buscar mujeres en Miami. Era hora de probar las locales pensó a sí mismo.

Tres semanas pasaron en un abrir y cerrar los ojos. Francisco había hecho dinero y se fue como lo prometido con su primo Koki a pasar un fin de semana en Key West. Alquilaron una habitación en un hotel cercano con entretenidas amenidades. Tomaron unas previas botellas antes de tomar el bus que los llevara a la calle principal siempre transitada por turistas y locales. Francisco y Koki se contaron batallas de guerra y se vacilaron. Tuvieron suerte con un par de danesas que estaban de paseo. Francisco se acercó a ellas y con suma confianza logró que compartieran con ellos. Saltaron de bar a bar los cuatro riendo y celebrando la vida. Cuando estaban algo intoxicados, se marcharon los cuatro a la habitación del hotel donde cada pareja hizo lo suyo en la cama obviando lo que sucedía en la del costado. Los condones usados y tirados en el tacho de basura narraban las hazañas. Koki no cabía de la felicidad por poder compartir esta clase de aventurilla con su primo querido Francisco quien cada vez se mostraba con mayor pericia en el tema de conquista. Koki nunca se había sentido tan orgulloso de alguien. La experiencia fue tan sensacional que Francisco propuso hacer lo mismo en Las Olas. Koki prometió trabajar duro y parejo para conseguir el bono deseado que le permitiría vacilarse con más atuendo. Francisco llegó a su casa ya al anochecer y al entrar observó en el piso otro papel amarillo que había sido deslizado bajo la puerta. Cuando vio era otra nota de parte de Daniel se fastidió. En la nota le suplicaba que lo llamara urgentemente. Era obvio que Francisco todavía sentía resistencia hacia Daniel. Pensó por algunos segundos y llamó al número que estaba en la nota. Una voz que no había escuchado en meses sonó al otro lado de la llamada.

—Me puedes explicar que sucede, Daniel—dijo Francisco—Si tu intención es conversarme sobre Mónica puedes desistir.

—¿Francisco?—preguntó un asombrado Daniel.

—¿Cómo sabes donde vivo y por qué me estas dejando notitas?

—Mónica me dijo dónde vives y he intentado llamarte pero nunca contestan de ese número que tengo en mis records.

—Cambié de numero meses atrás, Daniel. Vuelvo a repetir, si estas tratando de hablar por Mónica, te cuelgo ahora mismo y si es necesario me mudo de casa y vuelvo a cambiar de número.

—¡No cuelgues, por favor! Mónica no tiene nada que ver con lo tengo que decirte. Ella no tiene ni idea de lo que tengo que decirte y es necesario que nos veamos en persona. ¿Puedes venir a mi consultorio mañana?

—Lo que tengas que decirme me lo puedes decir por teléfono. No voy a manejar hasta allá. Estoy ocupado así que ahora es tu chance.

—Es que es muy importante lo que debo decirte—suplicó Daniel—Debo pedirte disculpas en persona.

—¿Disculpas?—reclamó Francisco—Mira, Daniel, que tus resultados hayan influido en decisiones que fueron tomadas en su momento ya me tienen sin cuidado. Si te sientes culpable por el rompimiento entre yo y Mónica, puedes empezar a sentirte bien contigo mismo. Es más, yo debo agradecerte porque gracias a esos eventos me di cuenta la clase de mujer que tenía a mi lado y créeme que estoy mucho mejor de lo que estaba antes. Siéntete alegre por mí y que te vaya muy bien en la vida. Gracias por todo.

—Nunca fue mi intención todo lo que pasó después de ese examen, Francisco, debes creerme. Debo pedirte perdón en persona.

—Para nada, Daniel. Puedes tener paz en tu alma. Yo estoy perfecto. Nunca lo estuve como lo estoy ahora. De veras. Ahora que lo pienso, ya no te tengo cólera. Esta conversación me ha hecho bien. Tranquilo, hermano. La vida continúa.

—No me entiendes, Francisco. ¡Déjame hablar!—alzó la voz Daniel.

—¿Qué pasa ahora, Daniel? ¡Puta Madre!

—Cometí un gravísimo error, Francisco. Mi consultorio cometió el peor error de nuestra historia. Necesito conversar contigo en persona y quizás con abogados presentes. No tengo las palabras ni medios para expresar la angustia que he sentido todos estos meses y con escuchar tu voz creo que voy a empezar a hiperventilar. Tengo mucho miedo de tu reacción y desearía impedir que hagas trámites legales que con todo derecho puedes pero si podemos llegar a un acuerdo contigo, te juro que hago lo mejor de mi parte.

—¿Qué carajos estas rebuznando ahora, Daniel? No te entiendo ni mierda.

—Francisco—dijo un casi hiperventilado Daniel mientras buscaba las palabras perfectas que pronunciar—Mi enfermera hizo el peor error de su vida. Ésto nunca pasa. Te dieron los resultados erróneos. Tú no eres estéril. Tus exámenes de fertilidad son excelentes. Te dieron el resultado de otro tipo. ¿Entiendes? Tú puedes embarazar a quien desees y cuando quieras. Es más, tú puedes hasta ser donante de espermas. La cagamos. Yo….

Y con ésto Francisco escuchó en tenebroso silencio cómo Daniel al otro lado del teléfono vomitaba hasta el almuerzo del día anterior.

El primer paciente ni bien abrieron la puerta era Francisco Copello. Las enfermeras lo vieron y todas bajaban la cabeza en unísono para poder esconder en algo la vergüenza compartida. Dentro de su oficina, Daniel se esforzaba en lo máximo tratando de explicar la absurdez de la situación. Francisco ordenó que le hicieran un segundo examen de fertilidad totalmente gratis y que tuvieran sumo cuidado. Cero equivocaciones. Daniel aceptó sin ningún titubeo. Pasaron unos días en los cuales,

Francisco se sumergía totalmente en su trabajo para no recordar aquella confesión. Ya se había hecho la idea que era infértil y quizás la ineptitud del consultorio de Daniel pusiera todo en el sitio correcto. Cuando lo llamaron de nuevo, Francisco manejó a toda velocidad de regreso al consultorio. Y Daniel tenía la absoluta certeza que el error del primer examen era inminente. Francisco leía en sus manos el reporte que detallaba la cantidad de espermas en su muestra, al igual que la motilidad y viscosidad. Daniel bromeó que Francisco podía embarazar a un elefante si se lo propusiera tratando de aliviar el aire, pero su broma fue repudiada. Por primera vez en su vida, Francisco no encontraba respuesta a la constante pregunta que retumbaba en su cabeza destrozando cada membrana de su cerebro: ¿Y ahora qué mierda hago?

Las horas eran eternas. Los intentos de pensamientos positivos revoloteaban al azar. Las conversaciones con sus relaciones eran menos frecuentes aludiendo un horario cargado de trabajo. Pastillas diseñadas para conciliar el sueño fueron abruptamente necesarias. El calendario parecía burlarse. Dos cajas de condones fueron compradas de manera atolondrada. Sus amistades y familiares cercanos empezaron a preocuparse. La soledad se hizo fiel compañera. Oraciones y plegarias fueron dictadas en alta voz. El alcohol funcionaba momentáneamente. Ocho libras de su peso fueron perdidas como por arte de magia. Los recuerdos invadían los minutos y se repetían con una terquedad frustrante. Y Francisco no sabía que mierda iba a hacer.

El calendario de Kahlo informaba que habían pasado dos meses desde que aterrizó en Miami. Los días y el tiempo confabularon para que Francisco obtenga paz en su vida cotidiana. Atrás quedaron los días de angustia y pensamientos frenéticos. Francisco pudo conseguir comunicarse con dos mujeres mediante Facebook dating. El día anterior salió con la primera para cenar. No pasó nada y Francisco sabía que con el correr del tiempo iba a lograr su cometido. Esa noche iba a salir con la segunda mujer quien se veía muy interesante recordándole en algo a Shonny. Francisco había recuperado su efervescencia. Ese fin de semana iba a salir con su primo Koki como habían planeado semanas atrás. Durante el día las ventas habían sido muy favorables. Francisco estaba planeando tomar una siesta de un par de horas para luego encontrarse con su cita. Al llegar a casa, se echó en cama para descansar cuando vio la llamada de Karla. No habían hablado en algunas semanas y le pareció grato escuchar su voz y contestó.

—¡Oye, gran imbécil!—chilló Karla al otro lado del teléfono—Te dije bien clarito que no deseaba sorpresitas. ¿Qué carajos se supone que voy a hacer ahora? Dime que vas a hacer tú. ¿Me escuchas?

—¿Qué te pasa, Karla?—respondió Francisco—¿Por qué me gritas? No te he hecho nada. No me hablas en semanas y lo primero que haces es gritarme.

—Estoy embarazada de tí, pedazo de idiota.

—¡Puta Madre!

—¡Si, huevón! Exactamente. ¡Puta Madre! Me dijiste que tu ex terminó contigo porque tirabas balas sin pólvora. Explícame ésto entonces. Y antes que empieces con tus cuestionamientos, te cuento que tú eres el único con quien he tenido relaciones sexuales. Así que este regalito de Dios es tuyo totalmente. Ayer fui al doctor porque me parecía demasiado raro no me llegaba la regla y no lo podía creer cuando me lo confirmaron. ¡Di algo, mierda!

—No fue mi intención para nada, Karla. El baboso del doctor me dio los resultados equivocados. Ya te imaginas el alboroto que le hice.

—¿Cómo que te dieron los resultados equivocados? No entiendo.

—Así como lo oyes. No soy estéril como pensaba. Si lo hubiese sabido de hecho usaba condón contigo.

—¡Qué cague de risa contigo, tarado! ¿Y ahora? Demasiado tarde para pensar en protección sexual. ¿No crees?

—Karla, corazón, no tienes idea lo fatal que me he sentido todos estos días. Entiendo que ésto es algo sin planear. Sabes lo mucho que siento por tí. Siempre te dije la verdad. Siempre. La decisión es sólo tuya. Yo te apoyo en lo que decidas. Lo que sea. Estoy trabajando mucho estos días así que me hago responsable en lo que decidas. Te lo juro.

—De hecho que te vas a hacer responsable de mi decisión, imbécil. No sabes las ganas que tengo de sacarte la mierda. ¡Regresa a Lima, carajo! Necesito romper algo. ¡Ven!

—No puedo por ahora. Además debo trabajar para hacerme cargo de tu decisión. No te abandonaré. Te lo prometo.

—Voy a pensar qué diablos voy a hacer. En estos momentos estoy demasiado enojada contigo que si estuvieses en frente mío te golpearía con todo lo que encuentre a mi alcance.

—Te entiendo perfectamente. Me dejaría golpear de tí pero antes te llevaría para romper las costillas al doctorcito ése.

—¡Puta Madre! Estas huevadas sólo te pasan a tí.

—¡Ay, querida! Si tú supieses las huevadas que han pasado por mi mente todos estos días.

—Ni me cuentes.

—Esto es conllevable. Hagamos algo, aquiétate y me dices que decides.

—Ni se te ocurra cambiar de número.

—Te prometo que no.

—¡Te odio, huevón!

—Hasta que la muerte nos separe.

Francisco estaba trabajando cuando pitó su teléfono. Era mensaje del WhatsApp proveniente de Yessi. Mensaje de Yessi le hizo sonreír, pero cuando lo leyó, el rostro de Francisco cambió de expresión. El mensaje decía: "Necesitamos conversar. ¿Me puedes llamar? Francisco se disculpó con su jefe informándole la urgencia de la llamada. Francisco marcaba a Yessi mientras salía a la calle.

—¿Estás ocupado?—preguntó Yessi.

—Algo, pero para tí siempre hago espacio—comentó Francisco—¿Todo bien?

—La verdad no.

—¿Pasó algo en casa?

—Todavía no.

—Pregunto porque ayer me contaste la discusión que tuvieron tus Padres. Pienso lo mismo, se les va a pasar.

—No es eso.

—Dime, entonces, mi Yessi. Te escucho afligida.

—¿Afligida? Estoy nerviosa, huevas. Me cago de miedo.

—¡Por Dios! Me estas preocupando.

—Acabo de enterarme que estoy embarazada de tí.

—¿Qué?

—Nunca usamos protección. Soy una hueva. Estoy que me rompo la cabeza en las paredes al recordar que jamás te pedí usaras condón. Pensé que estaba a salvo y como soy algo irregular con la menstruación. Obviamente lo hicimos en mis días fértiles. ¡Puta Madre!

—¡Dios mío! No lo puedo creer.

—Yo menos. Ahora ya te imaginas la puteada que recibiré en casa. No sé qué hacer. Dime tú que voy a hacer.

—¿Qué carajos está sucediendo?

—¿A qué te refieres? Oye, si estás pensando que hice ésto adrede, estás muy equivocado. Recuerda que hemos estado juntos a escondidas de Paloma. Y tus palabras bonitas tuvieron efecto en mí. Ni se te ocurra pensar por un segundo que ésto fue planeado. Yo tengo sentimientos por tí. No me siento preparada para afrontar esta responsabilidad yo sola. Entiendo que no hemos hablado de relación juntos, pero tú me has dicho que sientes algo por mí. ¿Me estabas hueveando acaso? Sabes muy bien sobre mi cita en la embajada para el próximo mes. ¿Y ahora? No creo me la den si se enteran que estoy encinta.

—No te miento, Yessi. Sólo que me agarraste desprevenido y no sabes lo que está sucediendo al mismo tiempo. Te prometo no abandonarte y hacerme cargo de lo que decidas hacer con la criatura.

—¡Obvio que te vas a hacer cargo! Nunca he necesitado un hombre para valerme por mi misma, pero ésto no lo hice yo sola.

—No te discuto éso. Solo me gustaría que fuesen otras las circunstancias entre nosotros. Créeme.

—¿Qué me quieres decir con éso?

—Hablamos luego. Tengo mucho que pensar.

—Prométeme que no me abandonaras. No te pido anillo ni ceremonias, sólo que no aproveches la distancia para desaparecerte. Éso es lo más bajo que puede hacer un hombre en mi opinión.

—Te prometo, mi Yessi. Tú vales mucho para mí.

Francisco colgó y se agarró la cabeza. Su mente y corazón estaban en exultante discusión. Se acababa de dar cuenta de algo que había dicho. Algo que iba en total antagonismo con su promesa y juramento. El cuerpo de Francisco estaba experimentando una ligera hiperventilación. Un hijo no estaba en sus planes y mucho menos dos. Insultos mentales dirigidos a Daniel fueron balbuceados. Pero lo inquietante era que había dicho algo que no esperaba sentir. No estaba en sus planes. Yessi valía mucho para él.

—¿Chato, qué es de tu vida?—pronuncio un emocionado Jean Pierre por el teléfono—Te tengo un notición.

—¿Sabes algo de Cheryl?—interrumpió Francisco.

—No la he visto últimamente ahora que lo mencionas—confesó Jean Pierre—Tengo una noticia macanuda, cholo.

—¿Tienes el teléfono de Cheryl?—preguntó Francisco—No llegue a pedírselo.

—Te lo puedo conseguir fácilmente. ¿Por?

—Necesito preguntarle algo urgente.

—No hay problema. Te lo paso en unos minutos.

—Gracias, compadre.

—¿Pasa algo?

—No lo sé todavía. Espero que no.

—Puedes confiar en mí.

—¿Cuál es tu noticia que tan desesperadamente deseas contar?

—¡Me voy a casar, cholo! Y tienes que venir a la boda.

—¿Cómo? ¿Qué? ¿Quién es el afortunado?

—Chistoso. Me caso con mi Estrellita pues. ¿Quién más? Es lo mejor que me haya pasado en la vida. Ayer aceptó mi propuesta. Te aviso con tiempo cuando será la ceremonia porque te deseo como mi best man.

—¿Jean Pierre, estas seguro?

—¿De tenerte como mi best man? Claro pues, brother, si eres como mi hermano.

—Me refiero a tu matrimonio, bestia.

—¿Mi Estrellita? Pucha, hermano, es la mujer maravilla en mi vida. Después de la bronca que tuvimos me la encontré en Plaza Vea y le rogué me escuchara. Salimos unas cuantas veces. Cheryl estuvo con nosotros en algunas. Por si acaso está saliendo con un tipo que toca la batería o algo así. Me dí que cuenta estaba perdiendo mi tiempo divagando por la vida. ¡La amo a esa cojuda, concha su madre! ¡Yo mismo soy!

—Creo que sólo me queda felicitarte y desearte lo mejor. Suenas muy seguro de tu decisión. Ésto te cambia la vida por completo. ¿Seguro no la has embarazado?

—No, todavía no, loco. Paso a paso. Yo siempre uso mi jebe todo responsable. Ya cuando estemos algo listos sí voy a querer calatos. Tan idiota no soy.

—Ya veo.

—Ni bien te consiga el teléfono de la Cheryl te lo paso. Pero la veo acaramelada con ese tipo te cuento. ¿Seguro quieres entrar ahí de nuevo?

—No es éso. Necesito preguntarle algo importante.

—¿Quieres que le pregunte yo en persona?

—No, gracias. Debo hacerlo yo. Sólo consígueme ese teléfono.

—Ahí se lo pido a mi amorcito. Nunca pensé decirte ésto. Estoy más enamorado que un narciso de su reflejo. Mi corazón retumba estilo cajón de negroide. Estoy más templado que el clima de Lima. ¡Carajo! Hasta poeta me hice.

—Entendido, huevas. Consígueme lo que te pedí, por favor.

—¡Puta! ¿Ya ves? Yo estoy saltando en una pata y tú con nube de lluvia encima de ti. Ni tu mal genio me va a arruinar este día. Ahí te escribo, gruñón.

Terminada la conversación, Francisco meneó su cabeza mientras pensaba que el mundo se estaba poniendo de cabeza. Se imaginó al abuelito de Jean Pierre jalándose los pelos por aquella decisión del nieto. Pasaron algunas horas para recibir el número telefónico de Cheryl. Teniendo esa información necesitada, Francisco tuvo que armarse de valor para llamar.

—Hola. ¿Cómo estás?—contesto Cheryl.

—Algo preocupado y necesitaba hablar contigo urgentemente—mencionó Francisco—¿No interrumpo algo?

—Para nada—dijo Cheryl—Estoy sola en estos instantes.

—Ésto te va a sonar algo raro, pero necesito saber. ¿Has tenido tu regla en estos meses?—preguntó Francisco consiguiendo unos segundos de silencio mientras Cheryl registraba la pregunta.

—Yo tengo un tema de irregularidad severa con mi menstruación y ahora que me lo preguntas, estoy recordando que no la he tenido. Se me ha pasado totalmente por la cabeza. Hasta me olvide debo tener la regla. ¿Por qué la pregunta?

—Si te cuento creo me vas a colgar del primer techo que veas. De nuevo, ésto te sonara rarísimo pero debo preguntarte. ¿Puedes hacerte un examen de embarazo, por favor?

—No me jodas. ¿En serio?

—Si, Cheryl. Estoy serio.

—No me digas me has infectado con algo. No te pases.

—En tema de enfermedad estoy totalmente negativo. Pero tuvimos relaciones sin protección y….necesito saber.

—Sólo porque me lo pides de esa manera lo haré. Pero si salgo positiva, voy a tener que ver de quien es.

—De acuerdo. Depende del número de semanas si es que lo estás y si necesitas hacer examen de ADN lo haces.

—Pero no te puedo asegurar nada. Contigo sólo estuve una noche.

—Ya me enteré que estas saliendo con tu amigo que me mencionaste. Te entiendo. Por éso te digo lo de las semanas y todo eso.

—Te fuiste sin darme tu número. Y él estaba presente. Siempre lo estuvo.

—Te entiendo, mi Janis. No te estoy reclamando absolutamente nada. Sólo necesito saber la situación contigo. Más nada.

—¿La situación conmigo? ¿Hay más situaciones?

—Me temo que sí. Ni bien sepas los resultados me informas. Cuídate. Besos.

—Ok. Besos.

La incertidumbre seguía creciendo cada día que pasaba. Las decisiones de Karla y Yessi todavía no habían sido tomadas. Cheryl tampoco reportaba ninguna noticia. El error de Daniel ya se estaba manifestando en todos sus niveles. Francisco quería llamar a Paloma pero sentía temor de las reacciones de Isabel y Pedro si ese fuese el caso. Su primo Koki lo seguía llamando para salir de caza, pero era lo último que pasaba en su cabeza. Francisco caminaba cabizbajo por toda su casa. Estaba considerando ligarse los testículos cuando su teléfono sonó. Era mensaje de Shonny que decía: "Necesito conversar contigo". Francisco suspiró fuertemente y sólo una expresión pasó por su cabeza: "Puta Madre"

—Estoy haciendo memoria y me dijiste bien clarito que no podías tener hijos. ¿Me equivoco?—dijo Shonny mediante el teléfono—Me dijiste no tienes ninguna enfermedad y ahí si estas en lo correcto, pues me hice examen por si acaso, pero me tienes que explicar lo de infértil porque estoy embarazada. Y no he tenido nada con nadie. Sólo contigo.

—Shonny, ésto es una pesadilla. No por tí, tú eres mujer especial, pero me engañaron. Me dijeron que no podía tener hijos y total sale que soy muy fértil. No es tu culpa, obviamente. Creo voy a denunciar al consultorio que se equivocó conmigo. Me está volviendo loco todo ésto. Yo no cargaba ningún preservativo justamente por éso. No te mentí cuando te dije éso. Era lo que pensaba. Estuve muy mal informado. No sé cómo pedirte perdón.

—Debes hacer una denuncia a ese consultorio entonces. Estoy totalmente de acuerdo contigo. Es una suma irresponsabilidad que han hecho contigo. Mira las repercusiones ahora. Vas a ser Padre de una criatura sin haberlo planeado.

—Cualquier decisión que tomes te apoyo. No me voy a correr. Entiendo si no deseas tener otro hijo con alguien que apenas conoces. Si pudiese volver al tiempo y ponerme preservativos, lo haría.

—Voy a tenerlo, Francisco. Ya tomé mi decisión. Soy anti aborto y los dos somos adultos. Sabíamos las consecuencias de nuestros actos. Entiendo que no estaba en tus planes y no estoy esperando tampoco te cases conmigo, pero si voy a creer en tu personalidad y te voy a pedir que lo firmes. En este momento podemos hacer un trato de manutención y todo éso. Si me prometes que te haces responsable, no te voy a enjuiciar. Ya sabes si lo hago no podrás pisar el Perú por buen tiempo a menos desees que te arresten. ¿Estamos?

—Estamos.

—Otra cosa, yo decido el nombre de la criatura.

—De acuerdo.

—Te voy a mandar foto de la resonancia. Por un lado estoy contenta que Aracelli va a tener una hermanita o hermanito. Por otro lado me apena que no estés aquí conmigo, pero tengo los pies sobre la tierra bien puestos esta vez.

—Gracias por ser comprensiva—dijo un apenado Francisco.

—No te pongas triste. Vas a ser papá de una criatura hermosa. Es el mejor sentimiento del mundo. Te voy informando cómo van las cosas. Por favor, contéstame el teléfono cada vez que te llame. Sólo eso te pido con las manos juntas—pidió Shonny antes de terminar con la llamada.

—Voy a ser Papá—susurró al teléfono vacío Francisco sabiendo que Shonny ya no lo escuchaba—¿Y ahora?

—He pensado todos estos días largo y tendido—dijo Karla—Bonito y parejo. La rabia inicial que te tuve se me fue. He vivido sin ningún apretamiento y lo sabes muy bien.

Los años no pasan en vano. Ya no estoy tan joven como antes. Éso ha pesado mucho en mi decisión. He decidido ser madre, Francisco.

—¿Estas segura?—preguntó Francisco mientras escuchaba por teléfono lo dicho por Karla—Te lo pregunto debido al amor a tu libertad.

—He pensado sobre eso—comentó Karla—Puedo irme mañana mismo a hacerme el aborto, pero no. Me da pena pensar en eso. Y me dí cuenta de algo. Éste es el único chance que pueda tener de ser mamá. Siempre me cuidé. Contigo no. Quizás es una señal de Dios. Quizás necesitaba ésto para madurar. Muy dentro de mí yo deseaba algún día ser Madre. Y aquí estoy con un feto. Otra cosa. ¿Quién mejor hombre que tú para ser el Padre? No puedes negar que entre nosotros existe algo bonito. Entiendo que tu vida se pone patas arriba porque ya estas hecho y derecho en los Estados Unidos. ¿Pero por qué no? Podríamos intentar algo entre los dos. Puedes venir cada cierto tiempo a verme. Inclusive puedes buscar trabajo aquí. ¿Qué opinas? Podemos hasta casarnos. Sé que es una herejía hablar de eso. Pero todas esas cosas he pensado.

—Todo muy bonito, Karla, pero hay cosas que no sabes y si te las cuento no creo que vayas a estar con ganas de casarte conmigo—dijo algo atolondrado Francisco—Sí es cierto que entre nosotros hay un inmenso amor y cariño. Ni hablar de nuestra química excepcional, pero yo te he prometido ser sincero siempre así no te guste lo que tenga que decirte.

—No me digas que aborte, Francisco. No voy a hacer eso. Y si me vas a decir que estás enamorado de otra mujer, dímelo de una vez para no pensar cojudeces entonces. Pero sea lo que sea, no voy a abortar.

—¿Ves? Te adelantas a las cosas. Si hubiese tenido que escoger alguien con quien pasaría ésto, serias tú. Pero debo contarte algo que no te va a gustar.

—¡Ladra!

—Yo te comenté que no fuiste la única mujer con quien estuve.

—Claro, si llegaste todo chupeteado a mi casa. Sé que eres un puto.

—El detalle es que ninguna de esas mujeres sabían lo que ahora tengo muy claro. Nadie sabía que yo tenía la bendición de procrear. ¿Entiendes?

—¿Mujeres? Yo pensé que sólo era yo y la vampira. ¿Cuántas mujeres fueron?

—Sólo cinco.

—¿Sólo cinco?

—Y con ninguna usé protección.

—¡No me jodas! ¿Qué? Oye, Puta Madre. Has podido agarrar alguna enfermedad venérea, cojudo de mierda. ¿Y así todo infectado tiraste conmigo? Te juro que ahora sí te mato. Voy a comprar mi pasaje a Miami para pegarte un tiro.

—Relájate, por favor. No estoy con ninguna enfermedad. Me hice el examen semanas atrás y estoy bien.

—Pero ese virus demora en salir en tu sangre. ¡No me jodas, huevonazo!

—¡Karla, carajo! No estoy con sida o cangrejo o cualquier otra huevada. Lo que estoy tratando de decirte es que ya son tres que me han dicho están embarazadas. Estoy esperando conversar con las otras dos para asegurarme.

Tras una pausa de algunos segundos, Karla ya no pudo y se reventó en risa. Francisco tuvo algo de pavor. No sabía si era risa de nervios, de emoción o quizás la risa malévola de quien podría ser su asesina. Podrás huir del diablo pero jamás podrás escaparte de una mujer enfurecida pensaba Francisco. Miraba a sus alrededores y se despedía de este mundo cruel en silencio mientras Karla seguía rompiéndose de una risa que duró tres minutos. Karla ya se quejaba de dolores en su barriga pero no podía contener la risa. Francisco no sabía si llorar o reír.

—Por la Puta Madre, nunca me han hecho reír tanto. No sé si eres el hombre más imbécil que haya conocido o el hombre de mi vida que tanto he esperado. Estoy que lloro de la risa—dijo Karla mientras continuaba tratando de controlar su euforia— Esto es peor que una novela barata. Si alguien escribiese tu historia compraría el libro solo para morir de la risa. No me jodas. ¿Y quiénes son mis hermanitas de leche? ¿Se puede saber?

—No las conoces. Pero una ya me dijo que lo iba a tener. No me pidió matrimonio ni nada por el estilo. Pero si mi responsabilidad. Está mi chata que está pensando qué va a hacer, pero creo que sí lo tendrá. Hay otra que se está haciendo los exámenes y todavía no me responde pero de esa quizás me salvo porque no ha tenido relaciones conmigo solamente. Tiene pareja. Ella fue sólo aventura de una noche. Y queda mi vecina que conozco desde niña. Ella también regresó con su pareja y no se ha contactado conmigo para nada. Así que de repente me estoy haciendo mucho drama. Quizás sólo sean dos hijos o tres.

—¿Quién es tu chata?

—No la conoces pero es alguien que vale mucho.

—¡Carajo! Me saliste bien divertido durante tus vacaciones. Te ganaste el premio de movidito. Y encima te enamoras. Bien por tí.

—Te estoy siendo al cien por ciento honesto. Ya te imaginas los nervios que tengo. Es verdad que te digo que si ésto sólo sucedía contigo, pues sería el hombre más feliz de la tierra porque sé que sería el símbolo mayor de lo nuestro. Pero ya, esa criatura que llevas dentro ya viene con hermanito y yo estoy que me quiero cortar los huevos.

—Puta, huevón, dame esa chamba a mí. Yo te los corto y no te cobro.

—¿Ves? ¿Todavía quieres casarte conmigo?

—Buena pregunta. Si me caso contigo veo que tengo que compartir tu ser con otras mujeres ya que dejaste tu plaga, pero si te mantengo como amigo, entonces puedo reírme toda mi puta vida recordándote.

—No seas mierdita. Ponte seria.

—Todas estas huevadas sólo te pasan a tí. ¡Por mi madre! Deberías hacer tu película, oye. Porque en serio, ésto es para película. Nunca he visto un caso de un tipo embarazando a cinco mujeres al mismo tiempo pensando que era infértil. Ni con la ayuda de La Rosa de Guadalupe podría ser cierto.

—No me jodas. Sólo son tres. Párala ahí.

—¿Y si te llaman las otras dos para decirte que están en bola de tí? ¿Qué haces?

—Te compro tu pasaje para que vengas a cortarme los huevos. Y de paso le metes cuchillo a mi pescuezo.

—Trato hecho. Voy a esperar. Me cuentas.

—Veo que todo te causa mucha gracia. Estoy en serio, huevona.

—Yo también. Eres un asnazo de veras. Pero eres mi asno y me has hecho reír muchísimo. Te voy a apoyar. Con todo lo que te odio, te voy a apoyar porque veo que la estás pasando demasiado mal. Repito, no voy a abortar y si mi hija crece sin Padre porque alguna de sus cinco lo mató, bueno no seré yo. Me conformo con tener tus huevos en un envase aquí en mi sala. ¿Entendido?

—Gracias por existir. Nunca me imaginé que pasaría todo esto.

—Éso te pasa por ser pinga loca, pues huevonazo. ¡Ahora pues!

Cuando terminaron la conversación, Francisco se sintió algo aliviado por haber soltado la situación presente a Karla. Ella era la única en quien podía confiar plenamente en esos momentos. Trató de echarse a dormir pero su mente recordaba a Yessi. Todavía no sabía algo de ella y había optado por darle su espacio pero la extrañaba. Vio mensajes en su teléfono y estaba la foto de la resonancia de Shonny. También había recibido una foto de Jean Pierre abrazado con Estrella. Seguía revolcándose en su cama cuando recibió mensaje de Cheryl que decía: "Examen de embarazo positivo. Examen de ADN positivo. Es tuyo. Llámame mañana que ahora no puedo conversar. Debo resolver asuntos en casa. Gracias". Nunca supo si era lo absurdo de todo o que si se había contagiado de Karla o si sus nervios lo traicionaban, pero Francisco rompió en un intenso ataque de risa que duró por buen rato.

—Mis padres me han dicho que desean que lo tenga y criarlo—dijo Cheryl por el teléfono a un angustiado

Francisco—Me dijeron que desean una segunda oportunidad para enmendar errores que hicieron conmigo. Toda una estupidez de sus partes si te doy mi opinión. Me dijeron que no importa quién es el padre. Ellos se encargaran de todo. Hasta me agradecieron. La verdad no sé qué sentir. Pareciera que están avergonzados de mí, pero muy felices de traerle nieto. No los entiendo la verdad.

—¿No hay forma que cambien de parecer?—preguntó Francisco mientras se masajeaba la cabeza tratando de aliviar el dolor—¿Qué te ha dicho tu enamorado?

—Me mandó a rodar cuando hicimos el examen de paternidad y salió que no era suyo. No quiere nada con el asunto. Voy a pedir a mi papá que me compre una batería a cambio de darle el chance que me pide para poder desahogarme.

—No tienes idea cuánto lo siento. No era para nada mi intención ponerte en estos aprietos. Sobre tu enamorado, la verdad no es mi lugar decir algo pero si te abandona en un momento como éste, creo no era para tí.

—La verdad no me tumba éso. No estaba planeando casarme tampoco. El acceso a la batería es lo que me jode siendo sincera.

—Entiendo. Te pido miles de disculpas. No sé qué decir o hacer. Te pido cuando regreses a Lima me vengas a buscar. Deseo que el bebé conozca a su verdadero padre. Lo que pasó entre nosotros me gustó mucho. Si vivieses aquí hasta te hubiese dado chance de tener algo conmigo. No voy a negarte que después de esa noche me arrepentí de no haberte pedido tu número. Quise buscarte al día siguiente pero no me atreví. Cuando volví a ver a Jean Pierre me dijo que ya no estabas. Entonces en la frustración de sólo haberte conocido una noche, me llevo a los brazos del pendejo éste. Fui feliz una noche por lo menos. Ahora el recuerdo de esa noche vivirá por mucho tiempo. Ojalá tenga voz de cantante.

—Yo también gocé mucho esa noche, mi Janis. Me quedé con ganas de verte de nuevo. Te prometo irte a buscar para conocer nuestra bendición. Te mandaré dinero también para apoyarte.

—No te estoy pidiendo plata, por si acaso.

—Claro que no pero igual en algo debo ayudarte. Aunque sea para que te compres tickets para un concierto o un CD de música.

—Ya casi nadie compra CD o disco, loco.

—Obvio que nó, pero créeme que es algo bacán comprarse uno o tener una mini colección de música. Lo que deseo decir es que no me desapareceré. Deseo ser tu amigo toda la vida.

—De todas maneras ya estás jodido. Estás amarrado a mí toda la vida.

—Entiendo. Me jode de todas maneras haber truncado tus planes. Me jode.

—Tranquilo, como cantaba el profeta George Harrison igual lo hago yo: "All things must pass". Esa canción la estuve escuchando ayer y me tranquilizó.

—Hermosa canción. La adoro igualmente.

—¿Vas a venir para el matrimonio de Jean Pierre y Estrella?

—Parece que sí. Debo regresar al Perú en ocho meses parece.

—No te olvides de mí, por favor. Voy a desear un abrazo tuyo por lo menos.

—Querida, créeme que tú eres uno de mis paraderos obligados cuando regrese.

—Todavía no puedo creer que me embarazaste en tan sólo una noche.

—De repente tu ex es estéril. Quizás.

—No lo sé, pero siempre usamos preservativo. En éso si es responsable el cojudo.

—Puta Madre.

—¿Qué pasó?

—Nada. Creo que mi cabeza va a estallar.


—Hay algo que no me cuadra—comentó Yessi—¿En qué momento estuviste con las otras mujeres? ¿Cómo es posible éso?

—Estuve un mes entero y escogía una mujer por día. Nunca estuve con dos en el mismo día. Te lo juro. Mis momentos contigo fueron únicos y dedicados a tí—explicó un acongojado Francisco.

—¡Uy, carajo! Qué especial me siento.

—Te estoy siendo franco porque me importas mucho.

—¿Cómo? ¿Así te importo? De veras eres un tremendo huevas. Ya no te voy a decir huevas de cariño porque me acabas de mostrar que sí lo eres.

—Por favor, Yessi. Compréndeme. Jamás fue mi intención todo ésto. Ya te conté el error que cometió el imbécil del doctorcito. Te lo juro.

—Entendía lo de Paloma porque gracias a ella te conocí y ella tomó otro rumbo. Entendí éso a pesar que me podía costar su amistad. Pero a las otras tres que me cuentas no. Todavía tu diciéndome cositas bonitas y haciéndome sentir especial. ¡Qué cojuda que soy, carajo!

—No te miento, Yessi al decirte eres especial para mí.

—¡Uy, se nota!

—Te cuento todo ésto para no ocultarte las cosas. Deseo que sepas todo. Si no me importarías no te diría nada. Pero me importas y te extraño.

—No te creo nada. ¡Vete a la mierda!

Yessi terminó la llamada raudamente y rompió en llanto. Nunca en su vida había vivido estos sentimientos de tal forma. Recordó a quienes fueron sus experiencias del pasado y ninguno había logrado moverle el piso como Francisco. Ninguno. Por primera vez en su vida lloraba por un hombre y era motivo para renegar consigo misma. El control se había perdido silenciosamente. Los recuerdos de los besos y abrazos con Francisco eran imborrables. Estaba totalmente y locamente enamorada siendo algo que detestaba. Ya lo había reconocido al tomar la decisión de mantener viva en su vientre la criatura por venir. Era algo que la emocionaba. La muestra vivida de su relación con Francisco. De repente imágenes de convivencia matrimonial punzaban su mente. Pero al enterarse que Francisco había tenido las vacaciones de su vida, sintió aborrecimiento. Ella pensó que Francisco era el diferente. Se suponía que Francisco iba a ser el hombre que cambiaría su opinión sobre los hombres. Pero resultó siendo el peor de todos. Yessi se acababa de enterar que Francisco había embarazado a otras tres mujeres aparte de ella. Aparte de puto era imprudente e imprevisible. Su corazón estaba partido en dos. Las lágrimas no cesaban. Nunca había llorado tanto de amargura. Al fin lograba entender lo que narraban aquellas canciones de amor y a las mujeres que se quejaban por culpa de hombres. Yessi estaba postrada en cama sin ganas de moverse al pasar unas horas. El llanto la había debilitado. Y con una inmensa pena agarró en la mano el secreto que deseaba compartir con Francisco pero ya no había razón. Su secreto era algo que había hecho, ni bien se lo había comentado a Francisco durante sus días juntos. Era algo que mantenía bien guardado. Hasta había logrado que lo olvidara para que fuese más grande el shock. Pero recordar todo le motivaba lágrimas. Nunca se había sentido tan idiota pensaba. Los reproches a su persona eran caudalosos. Yessi sabía que ella podía obtener lo que se proponía. Francisco había sido el empuje que necesitaba. Pero todo estaba perdido ya. Yessi seguía sollozando mientras tenía en la mano su pasaporte sellado por la embajada de USA. La visa para viajar a Miami la había conseguido cautelosamente. Y en su momento de rabia botó el pasaporte al otro lado de su habitación.

Francisco estaba solo en su casa tomando unas cervezas. Estaba buscando relajarse de todo el estrés. Deseaba desechar la nostalgia que llenaba su ser. No quería admitir sus sensaciones al recordarla. Su tajante voz mandándolo a la mierda era un batazo a su corazón. No necesitaba creerlo. Su decisión para esa noche era emborracharse hasta embrutecer. Deseaba olvidar todo aunque fuera por unas horas al dormir. Ya estaba en la tercera cerveza cuando recibió la llamada que faltaba. Francisco dudó en contestar pero algo le decía que debía. En su pantalla telefónica se leía que Paloma estaba llamando.

—Palito, me tienes que explicar algo—dijo una ofuscada Paloma—Me dijiste que tus resultados de fertilidad eran negativos. Me contaste toda una odisea con tu ex. ¿Es cierto todo eso o me engañaste?

—Para nada, mi Palomita—contestó Francisco—Me engañaron a mí. Me hicieron creer éso de estar seco cuando la verdad es todo lo opuesto. El doctor que me hizo las pruebas cometió tremenda cagada conmigo. Si te contara todo, de hecho me dejas de hablar.

—No te entiendo—comentó una confundida Paloma—pareciera como si ya supieras el motivo de mi llamada.

—La verdad que ya me lo estaba esperando. La última gota del vaso.

—No es posible sepas lo que debo decirte. Sólo mis padres y Jorge lo saben.

—¿Qué deseas decirme?

—Estoy embarazada de tí, Francisco.

—Perdóname lo que voy a preguntar: ¿Seguro que el embarazo es mío?

—Totalmente.

—Pero si tú ya vives con Jorge por meses. Reasumiste tu matrimonio. Por éso te pregunto. No dudo de tí pero existen esas posibilidades.

—Absolutamente no.

—¿Segura?

—¿Sabes por qué? La respuesta es bien simple. Parte del trato que hice con Jorge para volver era que no me tocara en buen tiempo. Se lo tiene que ganar. Y hasta el día de hoy no he tenido ninguna relación con él. Y te sigo contando el porqué. Me sentía tan mal cómo te había abandonado y la última vez que estuvimos juntos fue tan mágica que por un momento pensé que quizás me divorciaba y me casaba contigo. Pero te has alejado de mí totalmente así que me imagino debes estar enamorado de otra o que se yo. Estaba entonces pensando en darle una oportunidad real a Jorge que se lo ha ganado y me sale esta sorpresita. Así que si, a menos haya sido embarazo del Espíritu Santo, es obvio que de Jorge no es y la única persona con quien estuve fuiste tú.

—¿Qué han dicho tus padres?

—Ya te puedes imaginar lo irritados que se sienten conmigo y contigo.

—¿Jorge?

—Va a estar conmigo en las buenas y en las malas. Se lo está ganando.

—Por favor, explícales que voy a meter una denuncia al doctor que me dio informaciones falsas y que no te voy a abandonar. Sabes lo que significas en mi vida y te voy a apoyar. Voy a tener que trabajar las veinte y cuatro horas por los siente días pero debo hacerme cargo contigo.

—Te conozco y sé lo buen hombre que eres. Aún así debo contarte que estoy algo enojada contigo. Yessi me contó lo de ustedes. Y me llenó de celos pero entiendo cómo pasaron las cosas. Ella está muy ilusionada contigo. Me lo ha dicho.

—En estos momentos no creo me quiera mucho. Y llegó la hora de que también sea honesto contigo por igual. Toda esta situación se hizo incontrolable. Y las cinco mujeres con quienes estuve durante mis vacaciones quedaron embarazadas. Tú eras la que me faltaba.

—¿Quuuuuuuuuueeeeeeeeeeeeeeeeeeeeeeeeeeeeee???

—Como lo escuchas.

—¿Yessi también?

—Sí.

—No te lo puedo creer. Dime que es una broma típica tuya.

—Quisiera decirte que es una broma pesada o tonta, pero no puedo. Es la verdad. Voy a ser Padre de cuatro hijos hasta ahora porque todas me han dicho que lo van a tener. Y por eso te digo que mi vida cambió totalmente. Faltabas tú nomás. Y ya me lo acabas de decir. No hay marcha atrás ni siquiera para pegarme un tiro. Yo te quiero muchísimo. Siempre te lo dije. Estoy contento que tu matrimonio está funcionando pero por el cariño que hay entre los dos tenía que decirte todo ésto. Voy a tener cuatro hijos. Bueno, contigo van a ser cinco.

—Pucha, Palito, no sé cómo decirte esto. Pero…

—Puedes decirlo, Palomita de mi amor. Soy un idiota, tarado, embustero, villano, perro, imbécil, ya he escuchado todo. Dime lo que debas decirme. Ya estoy resignado y ya nada me puede sorprender. Ya tengo coraza de acero.

—Nada de eso, Palito. Empecé la conversación enojada contigo pero ahora me doy cuenta soy injusta contigo y siento lástima porque vas a tener que conseguirte un asistente o un robot para que te ayude a ganar dinero con todo lo que se te viene.

—Gracias por tus palabras. Haré lo mejor de mí para nuestra criatura.

—No me estás entendiendo, Francisco. Fui al doctor porque por experiencia previa ya sabía estaba embarazada y no lo podía creer. Estuve muy confundida porque sólo había estado contigo y supuestamente no podías engendrar.

—Ya. ¿Y?

—Francisco, estoy embarazada de gemelos. Son latidos de dos corazones.

Francisco ya no necesitó emborracharse con todas las cervezas que había comprado porque ni bien escuchó lo dicho por Paloma, se desplomó desmayado.

El fin de semana había sucedido sin ninguna eventualidad que lamentar. La angustia se había evaporado totalmente. Daniel estaba descansando normalmente. Aunque tenía un secreto travieso que decidió no contar ni prevenir porque pensaba iba a ser solución para dos almas perdidas. El sol estaba brillando solamente en su dirección. Meditó frases positivas para empezar su faena laboral. Estaba escribiendo unas notas personales cuando vio que Francisco lo estaba llamando al teléfono. Daniel sonrió de manera traviesa porque Francisco era parte de aquel secreto suyo que había estructurado y pensó que esa llamada era de gratitud hacia su persona.

—Hola, Francisco. ¿Qué tal? Cuéntamelo todo—dijo un gentil Daniel.

—¡Te voy a matar concha tu madre!—aulló Francisco— Voy a buscarme un abogado bueno para que me pagues, vil maricón.

—¿Qué sucede, Francisco? ¿Por qué me hablas así? Pensé que estarías contento.

—¿Qué me sucede? ¿Contento? ¿Sabes de qué te hablo? Por tu fucking culpa dejé embarazadas a cinco mujeres y voy a tener seis hijos. ¡Seis! ¿Me escuchas?

—¿Cómo? No te entiendo.

—Solo debes entender que te voy a denunciar por negligencia. Cinco mujeres están encintas por tu culpa. ¡Cinco!

—Debes disculparme Francisco, pero el negligente es otro. Yo creo que hoy en día uno debe protegerse de todas maneras al tener sexo. ¿No crees? A menos que los actos sexuales sean con la pareja. ¿Digo, nó?

—¡Cállate, imbécil! Por tu culpa me fui disparando como vaquero maniático. Tú tienes la culpa de todo. Me engañaste. Me jodiste la puta vida. Ahora necesito que me pagues para resolver todo. Absolutamente todo. ¿Me estas escuchando bien, cerebro de mosca? Me vas a pagar, torombólo de mierda. Eres una cagada de doctor. Voy a pedir te quiten tu licencia. Vas a criar a esos hijos conmigo si es necesario. Me caso contigo inclusive para estés atado legalmente. ¡Lo que chucha sea necesario voy a hacer para que me pagues! Me la debes, concha tu vida. Nunca he sentido tanta rabia por alguien.

—Tranquilízate, Francisco. Por si acaso yo sólo he embarazado a mi esposa. Yo nunca te dije que vayas por el mundo metiéndote por todos los huecos sin protegerte. No es mi culpa lo que me dices.

—Es tu culpa total. Me mentiste

—Tienes razón que cometimos un error. Aun así, Francisco. Yo jamás te dije que tengas sexo sin protección. ¿Seguro no deseas donar espermas? Por lo que me cuentas veo que eres muy habilidoso. Siempre se necesitan esa clase de espermas. Ganarías buen dinero con eso.

—¿Para qué? Para tener más hijos regados por el mundo. ¿Eres un pelele o qué ocho cuartos? ¿No me oíste que voy a tener seis hijos?

—Claro que te oí. Es algo magistral lo que has conseguido. Es en serio lo que te digo sobre tus espermas. Te puedo pagar por donaciones.

—¿Sabes qué? Voy a tu oficina a sacarte la mierda ahora mismo.

—¡Espérame, Francisco! Hay algo que debo decirte. Yo….

Francisco no permitió que Daniel terminase de decir lo que deseaba porque terminó la llamada tempestivamente. Estaba con el diablo salido. Se vistió y buscó un martillo y un bate de baseball. Sus ojos veían solo color rojo. No había nada que lo hiciera cambiar de opinión. Iba a romper el consultorio de Daniel. No le importaba si se iba a la cárcel. La furia ya lo tenía poseído. Saliva se escurría de su boca tal cual perro rabioso. Estaba a punto de salir cuando tocaron su puerta. Francisco no esperaba a nadie así que la sorpresa fue autentica. Fue a abrir su puerta sin ver quien fuese ni preguntar. Mónica estaba parada al frente suyo con una sonrisa de labio a labio y al verlo se lanzó a sus brazos.

—¡Frankie de mi amor!—expresó efusivamente una emotiva Mónica—¿Cómo has estado? Te he extrañado tánto pero tánto. ¿Qué haces con un bate en la mano?

—¿Qué diablos haces aquí?—demandó un estresado Francisco.

—Daniel me contó sobre su error. Me ofreció miles de disculpas. Me dió tu número y dirección. Te iba a llamar pero preferí venir y verte en persona. Me siento muy mal por la decisión estúpida que tomé meses atrás. Deseo regresar contigo. Estuve pensando y pensando en todo el tiempo que hemos perdido. Debe haber alguna razón por la cual no quedé encinta contigo. Daniel me dijo que los dos estábamos bien y que simplemente no estábamos conectando. Podemos hacer in vitro o lo que sea, pero deseo casarme y tener tres a cuatro hijos contigo. ¿Qué dices, mi amor? Perdóname si te hice sufrir. Yo también sufrí te cuento. Perdóname, mi cosito. No me hagas sufrir más.

—Te voy a detener aquí mismo y puedes regresar de donde viniste. Tú y Daniel se pueden ir al mismo infierno si desean. A mí no me jodan nunca más.

—¡Ay nó, papacito! No hables así que ya sabes no me gusta. Me encanta tu lado hermoso y amable. Dime cuando puedo regresar a vivir contigo.

—¡Nunca! Lárgate de mí. De veras eres una conchuda de primer grado. Me dejaste porque mis resultados fueron negativos y ahora que te enteraste sobre el error de ese pacotilla de doctor, regresas como si nada hubiese pasado. La verdad creo que deberías casarte con Daniel porque son tal para cual.

—Daniel es mi amigo de años. No tienes por qué tener celos por él, cariño. Créeme que yo sólo tengo ojos para tí.

—A ver te pregunto. ¿Has salido con alguien durante todo este tiempo?

—Bueno sí, mi Frankie pero no funcionó con ninguno de los dos. Te buscaba a tí en ellos. Solamente fue para cenar. Te lo juro, mi amor. Te he sido fiel.

—Bueno, es hora que lo sepas entonces. Yo no. Yo me fui de viaje a mi Perú por un mes y estuve con cinco mujeres al mismo tiempo.

—¡Francisco! ¿Cinco mujeres? Bueno. Me lo merezco. Te perdono. Yo fui quien te empujé a esas cinco afortunadas. No estábamos juntos. Te perdono.

—Esas cinco afortunadas que mencionan están en estos instantes embarazadas. Una de ella va a tener gemelos. Voy a ser Padre de seis bebés en siete meses y medio más o menos. Por ahí. Lo único que voy a necesitar de tí es tu ayuda en recibir dinero de parte de Daniel. Si no me vas a ayudar en eso, puedes regresar del hueco donde estabas metida. Y también puedes volver a salir con esos dos tipos al mismo tiempo, si eso deseas.

—Pero, Francisco, nunca te he visto actuando tan animal. Primera vez que te veo enfurecido. Se te ve sexy. Pero. ¿Cinco mujeres al mismo tiempo embarazadas? ¿Es una broma, verdad?

—Pregúntale a tu amiguito Daniel si deseas.

—Estuviste un mes y lograste preñar a cinco mujeres. Nosotros estuvimos cinco años juntos y nunca pudimos. No entiendo.

—La verdad no sé qué chuchas deseas te diga. Quizás la estéril eres tú. La verdad ya no me impresiona nada. Ya tuve mi cachetada de parte del universo.

—Yo no me protegía contigo porque deseaba ser Madre. No entiendo.

—Yo no entiendo por qué diablos sigues aquí. Te dije que te vayas.

—Francisco, no seas malcriado. No me merezco me trates de esa forma. Nunca fuiste un patán. No empieces ahora.

—Mónica, me dejaste con el corazón roto y con la vida desecha. Todos mis planes contigo prácticamente se murieron. Yo te supliqué no hicieras lo que hiciste. Te fuiste de mi vida sin ninguna contemplación. Te lloré por días. Pero me dí cuenta que era capaz de superarte. No te tengo rencor pero no deseo nada de nada contigo. Como puedes ver estoy en una situación algo inédita y necesito ver la solución. Y no te incluye a tí. Te lo digo de buena forma. Te puedes ir.

—No tienes idea cuanto me arrepiento de haberte hecho eso, mi Francisco amado. Si pudiera regresar el tiempo, jamás te hubiese terminado. Jamás. Me dí cuenta que estaba muy acostumbrada a lo nuestro. Te llamé y ví que ya no tenías el mismo número. No tienes idea cómo me desesperaba. Te necesito.

—¿Te arrepientes? Es demasiado tarde, Mónica. Yo te superé. Pude salir adelante. He cometido varios errores en mi vida, pero el haberte superado no es uno de ellos. Me siento hasta orgulloso.

—¿No puedes abrir tu corazón para mí de nuevo, mi Francisco? Te prometo ayudarte con tus hijos que tendrás con ellas y conmigo. Voy a obviar ese detalle y te entenderé toda la vida. Nunca te reprocharé. Te lo prometo.

—Es que hay un detalle en el que no te fijas. Yo ya no te amo.

—Puedo lograr que me ames como me amabas. Puedo ser la mejor versión de mí. La versión que tanto adorabas. Dame una oportunidad.

—Demasiado tarde. Yo amo a una de esas cinco mujeres.

Y ésto fue la cachetada que necesitaba Mónica para marcharse pues observó en los ojos de Francisco que no le mentía. Era la primera vez que Francisco mencionaba esta revelación en voz alta. Ya no podía luchar contra aquella revelación. Se dio por rendida ante sus sentimientos. El Francisco ideológico que estaba planeando matrimonio con Mónica había regresado pero planeando lo mismo con otra. Francisco todavía seguía con el bate en mano y consideró romperse el cráneo pero sólo suspiró al recordar que su promesa estaba rota en mil pedazos. Se sentó en el sofá para pensar en ella. Las inevitables lágrimas al recordarla mermaron su estado de ánimo. Dicen algunas escrituras que cuando dos personas que se aman se piensan al mismo tiempo pueden conectarse cósmicamente. En una clínica de aborto en ese mismo instante Yessi no dejaba de pensar en Francisco.

# LA DECISIÓN

## OCHO MESES DESPUÉS

### PALOMA

La primera en tener contracciones fue Paloma. En el hospital en la sala de espera estaban Isabel, Pedro y Jorge a la expectativa de los sucesos. Cuando Francisco llegó al hospital, fue víctima de las miradas despreciables. Sin desear perder un solo segundo, pidió disculpas a los tres. Les contó cómo pasaron las cosas. El motivo de su escasez de protección, su cariño inmenso a Paloma y la responsabilidad que no iba a evadir. La primera de darle un fuerte abrazo fue Isabel que prácticamente ya estaba enterada de todo. Isabel siempre tuvo un afecto grande hacia Francisco y fue la primera en perdonarlo. Pedro hizo lo mismo aunque le advirtió que le tomaría un buen tiempo perdonar a Francisco ya que gracias a sus encuentros, ahora tenían dos bocas extras para alimentar pero totalmente inocentes. Francisco les aseguró que fueron hechas con mucho amor y éso era algo que le causaban muchos celos a Jorge quien ya había conversado varias veces con Paloma durante los meses previos y había aceptado a regañadientes. Jorge le había prometido a Paloma que no se pelearía con Francisco y que tratarían de mantener la familia en paz. Jorge y Francisco se dieron la mano en son de armonía. El embarazo de Paloma había pasado sin ningunas complicaciones o situaciones lamentables. Con toda la experiencia que ya poseía, fue el embarazo más fácil de llevar comparando a los primeros que si fueron acompañados de muchos dolores. Mientras esperaban, una enfermera apareció en la sala y mencionó que Paloma deseaba que el Padre de los mellizos entrara al cuarto de parto. Los exámenes habían determinado que Paloma estaba por gestar un varoncito y una mujercita. En su primer embarazo, Isabel había sido su compañero. Durante el segundo fue Jorge quien le agarraba la mano. Era el turno de Francisco, quien la verdad no estaba preparado. Pedro lo miró fijamente a los ojos y no tuvo que mencionar alguna palabra para que Francisco caminara caballerosamente hacia donde estaba Paloma esperándolo a punto de dar a luz. Las enfermeras le proporcionaron la mascarilla y el atuendo necesario para poder entrar al cuarto de parto a Francisco. Cuando entro y vio a Paloma sudorosa, exhausta, nerviosa pero emocionada de verlo presente, Francisco sintió amor puro en su alma y corazón. Paloma estaba siendo intrépida ante la situación y sólo tenía palabras de cariño sincero con Francisco. Los doctores ya estaban preparados para el inminente parto. Paloma ya estaba lo suficientemente dilatada y ya era hora. Francisco se acercó a Paloma, le dio un beso en la frente y le agarró la mano. El cariño entre los dos era noble. Durante los meses del embarazo, Paloma y Francisco volvieron a ser los excelentes amigos que siempre fueron. Se compartían sus cosas y estaban enterados de todo. Sabían sus problemas y se aconsejaban soluciones mutuamente. Paloma lo defendía a capa y espada de cualquiera comentario negativo de parte de Pedro y especialmente de Jorge. La promesa de ser padres ejemplares así no vivieran juntos era verdadera. Cada vez que Francisco llegara a Lima iba a poder ver a sus mellizos. Paloma a su vez nunca le iba a poner alguna denuncia porque confiaba en todo su ser que Francisco jamás le iba a fallar a la promesa hecha juntos. Gracias a la tecnología presente para entonces, Paloma le iba a mandar videos frecuentes detallando cada paso del crecimiento de los mellizos. Francisco estaba eternamente agradecido por los gestos amorosos de Paloma hacia su persona y por darle el chance de la Madre de sus primeros frutos de amor y de la virilidad ignorada. Paloma demostró ser una guerrera de aquellas al acatar todas las órdenes de los doctores y enfermeras. Los gritos ensordecedores emitidos por su talentosa garganta intensificaban el momento de ver la primera corona saliendo de su vientre. La mano derecha de Francisco ya había perdido su circulación de sangre ya que Paloma lo sujetaba con una fuerza descomunal. La mujercita fue la primera en nacer. Mientras las enfermeras limpiaban a la bebé recién nacida, Paloma siguió pujando para el nacimiento del varoncito que estaba dando algo de batalla. Francisco pensó que su mano derecha iba perder todo movimiento natural. Paloma gritaba como una general Espartana corriendo a una guerra histórica. Francisco quería gritar pero su estado de shock no se lo permitía. Tampoco deseaba darle algún motivo que por tan chico que fuera, Paloma se burlaría toda su vida. Éso pensaba, porque Paloma ya se lo había dicho en conversaciones anteriores: que si lo veía gritar durante el parto como mujer, ella se iba a mofar toda la vida. La segunda corona dijo presente. Los doctores motivaban enérgicamente a Paloma que siguiera pujando. La admiración de Francisco hacia la gallardía de Paloma crecía en gigantes pasos. Y fue en ese proceso tan natural y maravilloso que el segundo hijo de Francisco salía al mundo. Los dos bebés fueron unidos mientras lloraban por ya no habitar en el cómodo mundo que habían conocido dentro de su Madre. Los doctores se cercioraban que la salud total estuviese reconocida. Paloma lloraba a mares. Francisco al ver Paloma llorando trató de consolarla. Los doctores y enfermeras dieron el visto bueno. Los bebés fueron llevados a los brazos de la madre. Cuando Paloma los tuvo en sus brazos, agradeció a Dios por tremenda gesta. Paloma miraba a sus bebés con los amorosos ojos de mamá. Los mantuvo en sus brazos por minutos y cuando vió a un Francisco estupefacto e inmóvil, le dijo que los cargara con cuidado. Y Francisco cargó a sus mellizos. Sus ojos registraban el momento pero su mente estaba todavía incrédula. Los bebés eran las criaturas más hermosas que habían visto sus ojos. Francisco todavía no podía creer que había sido capaz de ser parte de la llegada de este par de seres. Y fue ahí cuando rompió en llanto. Tuvo que devolver los bebés a Paloma mientras controlaba su conmoción. Su corazón le mandaba las señales a su cerebro para que se diera cuenta. Francisco estaba siendo invadido por el amor más intenso e incontrolable que pudiera haber sentido en la manera que se siente aquel fervor. Por primera vez en su vida sentía en todo sentido el Amor de Padre. Pidió a una enfermera que tomara una foto de los cuatro con su celular. La enfermera apretó el click varias veces. Paloma se sentía conmovida de notar el amor que brotaba de Francisco hacia ella y sus bebés. Llevaron a los bebés para que pudieran descansar al igual que lo haría Paloma. Rato después Pedro, Isabel y Jorge pudieron ver a los bebés. Todo era felicidad plena. Los resentimientos pasaron a un lado. Jorge vió a un emocionado Francisco sollozar de alegría a un costado y se acercó para abrazarlo. Los dos se pidieron disculpas por cualquier expresión en contra de cada uno. Se dieron las manos y se prometieron seguir adelante por Paloma y los mellizos. Los dos iban a poner de su parte al igual que mantener la familia junta con los primeros hijos de Paloma quienes estaban en casa, cuidados por familiares y ansiosos de conocer a sus hermanitos. Francisco, Jorge, Isabel y Pedro se fueron juntos a celebrar a un restaurante cercano para comer algo y tomar unas cervezas. El jolgorio duró por unas horas. Los mellizos iban a tener el apellido Copello como ya estaba acordado meses atrás. Paloma iba a seguir viviendo con Jorge y sus cuatro hijos. Francisco iba a mandar una cifra mensual y todos felices. Horas después una descansada Paloma volvió a llamar a Francisco quien regresó todo apresurado. Paloma deseaba saber las opiniones de Francisco quien le expresó absolutamente todo lo que sentía. Ella había llegado una determinación y deseaba la opinión de Francisco. Tras meses de sugerencias o propuestas, Paloma había escogido los nombres de sus criaturas. La mujercita se llamaría Gabriela y el varoncito se llamaría Christian. Francisco pensó en los hombres y le gustaron muchísimo. Paloma estaba feliz de la vida y le prometió que con ésto ya cerraba fábrica, ya que cuatro hijos eran más que suficiente para ella. Francisco estaba de acuerdo con ella. Antes de partir, Francisco y Paloma se abrazaron intensamente. Habían logrado pasar semejante prueba en su amistad y ahora estaban conectados para toda la vida. Los dos se profesaron amor eterno y puro entre ambos. Paloma le ordenó portarse bien con todas sus relaciones a Francisco. Al marcharse del hospital, Francisco se fue a una iglesia para cumplir una promesa que se había hecho internamente para cada nacimiento. Por cada nacimiento exitoso que tuviese, iba a rezar un rato y entregar una ofrenda a aquella capilla. Ya iba por el primero. Fue una experiencia grandiosa pensaba a sí mismo. Faltaban otras recordó.

## CHERYL

Los nervios y temores no abandonaban a Cheryl mientras los dolores de contracciones estaban debilitando su cuerpo. El doctor le había dicho que regresaría cuando la dilatación fuese la apropiada. Francisco trataba de calmarla sin resultado positivo alguno. Las lágrimas brotaban de sus ojos sin ningunas ganas de detenerse y era algo a lo que Cheryl no estaba acostumbrada. Entonces en momento de iluminación divina, Francisco tuvo una idea formidable al conocer algunos de los gustos de Cheryl. Buscó prodigiosamente la canción In Your Eyes de Peter Gabriel mediante YouTube, alzó los brazos con el celular en la mano e imitó a la perfección el gesto de John Cusack en la película: Say Anything. Cheryl observó los movimientos de Francisco y rompió en risas.

—Eres un loco de mierda—dijo entre risas Cheryl.

—Soy el loco que no te abandonaría en el momento más vulnerable de tu vida. Tu puedes, mi Janis. ¡Vamos carajo!—motivó Francisco.

—Esto es lo más romántico que alguien haya hecho por mí—analizó Cheryl—No tienes idea de cuánto te agradezco.

—Te equivocas, quien debe estar agradecido soy yo—contestó Francisco—Tú eres la valiente aquí. No creas que yo no me estoy cagando de miedo como tú en estos instantes. Sabes que no eres la única en esta situación gracias a mí, pero ya vengo motivado con lo que viví con mis mellizos.

—¿Nacieron saludables?—preguntó Cheryl.

—Nacieron sanitos los dos. La mamá es impresionante la verdad. Estoy muy inspirado por todo ésto—confesó Francisco— Tú también eres maravillosa. Sólo esperemos que lleguemos al momento. Tengo fe en tí.

—Me hubiese gustado que sea mujercita y así le hubiese puesto Janis para tener esa conexión eterna contigo por el sobrenombre y a esa gran leyenda.

—Hubiese sido macanudo. ¿Qué nombre decidiste?— preguntó Francisco.

—El otro día por Televisión vi a un cantante que me gusta muchísimo que se llama Erick y que imita perfectamente a Axl Rose. Lo he visto en shows y soy su fan.

—Lo he visto por YouTube. Canta muy bien el tipo. Tiene buen rango de voz.

—Es guapísimo y me encanta. Como tú sabes que Axl es mi cantante favorito de todos los tiempos pero si le pongo ese nombre aquí no lo van a pronunciar de manera correcta, entonces decidí ponerle Erick mejor. Me gusta ese nombre. ¿Te parece bien?

—Ningún problema de mi parte. Puedes ponerle Mick o Ringo o Phil pero Erick no está mal. Le da un nombre más campechano y provincial.

—Ojalá salga cantante y así salgo de pobre.

—Mis Padres deseaban llamarlo Eustaquio por mi abuelo, pero están bien cojudos de veras si creen que voy a firmar ese nombre.

—Sin comentarios.

Y sin ningún aviso, Cheryl empezó a soltar alaridos que trajeron a los doctores y enfermeros en cuestión de segundos a la habitación. Cuando la información sobre los diez centímetros de dilatación fue dada a los presentes, la atmosfera se transformó en urgencia. Francisco agarró la mano de Cheryl pues lo necesitaba tremendamente. Nunca había sentido un dolor tan colosal y al ver a todos moverse con cierta premura, lograban que Cheryl sintiera unos nervios descomunales. Francisco sabía que Cheryl no se estaba controlando como debería y escuchaba cómo no dejaba de gritar algo histérica.

—Dime que canción necesitas escuchar para poder aguantar ésto—preguntó un eficaz Francisco.

—Hazme escuchar Walk de Pantera—ordenó Cheryl.

Francisco volvió a buscar en su celular la canción mediante YouTube, sacó sus audífonos y los puso en los oídos de Cheryl. La canción calmó a Cheryl quien empezó a respirar rítmicamente con los punzantes notas guitarrísticas de Dimebag y se motivó para pujar. Francisco no soltaba su mano para nada mientras que ella se llenó de valor absoluto. Las órdenes para empujar eran constantes. Cada uno de los presentes cumplía su función cabalmente. Cada vez que la canción terminaba, Francisco la repetía hasta que Cheryl le pidió que pusiera una diferente. Francisco buscó Thunderstruck de AC/DC y se la hizo escuchar motivando que Cheryl hiciera el empuje mayor y necesario. Y como un rayo electrizando a todos, nació Erick. Cuando Cheryl tuvo a su bebé en manos, conoció el verdadero amor y mentalmente se juró a si misma luchar en la vida por su hijo. Ya lo venía pensando por meses. Cheryl le había pedido dinero prestado a Francisco para tomar clases de servicio aéreo. Había decidido ser azafata para esa forma cumplir sus dos metas que eran conocer otras ciudades y ganar dinero para mantenerse con su bebé. La promesa de Francisco de no abandonarla seguía vigente y eso la tenía complacida. Cuando Francisco tuvo a Erick en sus brazos, le dio un beso en la frente. Se acercó para darle un beso en la frente a Cheryl y le pidió a un enfermero que tomara una foto de los tres. Los Padres de Cheryl estaban afuera esperando noticias. Cheryl vió con ojos de amor puro y sincero al hombre participe de esta experiencia y con quien habían prometido ser buenos amigos y padres. Francisco iba a apoyar decidiera lo que ella decidiera. Se iban a mantener en contacto frecuente. Cuando Francisco salió del hospital se despidió de los padres de Cheryl quienes lucían su felicidad. Cumplió su promesa interna y buscó la capilla más cercana.

## SHONNY

—Mi fuente se acaba de romper—dijo por teléfono Shonny—La ambulancia está llegando en unos minutos. ¿Dónde estás?

—Estoy por el centro buscando algunas cosas para los bebés. Dime a qué hospital te llevan para salir corriendo—contestó Francisco.

Cargando las bolsas de juguetes, pañales y latitas de comida para bebés que había podido comprar, Francisco corrió desesperado en busca del primer taxi que lo llevase. El tráfico de Lima lo estaba impacientando. El tramo era algo largo. Ni bien llego al hospital buscó el área de maternidad para preguntar en cuál habitación se encontraba Shonny. Cuando llegó donde estaba Shonny, apenas podía contener la respiración.

—Gracias por llegar, mi plebeyo hermoso—dijo una sudorosa Shonny—Ya estoy casi lista para dar a luz.

—Aquí estoy, mi querida dama del universo—dijo un extenuado Francisco—Con las justas el taxista pudo maniobrar por algunas calles para llegar.

—Todavía le faltan unos centímetros de dilatación, Señorita—informó una enfermera—Voy a avisar al doctor y al equipo médico. Ya regreso.

—Gracias por hacer ésto—dijo Francisco mientras le daba un beso en la frente a Shonny—¿Tu hijita?

—Se encuentra con mi madre—contestó Shonny—Le dije que iba a estar contigo durante todo el tiempo. Me dijeron que venían luego a conocer a Omar.

—Decidiste por ese nombre veo—comentó Francisco.

—Puse a mi hija Aracelli por mi Tía amada. Y pensándolo, es algo tierno que ponga el nombre de mi Tío quien era su hermano a mi hijo—razonó Shonny—Tengo la parejita y con eso estoy contenta. Quiero mucho a esos tíos y se alegraron al enterarse que iba usar ese nombre.

—Mientras te parezca buena idea, no tienes ninguna objeción de mi parte. No tienes idea lo agradecido que estoy por toda tu actitud positiva durante todo el tiempo que te conozco. Me has ayudado mucho. Me siento muy tranquilo.

—¿Ya nacieron tus otros hijos?

—Sí. Ya tuve a mis mellizos y mi varoncito. Contigo será mi cuarto hijo por llegar.

—Te observo sereno a pesar de toda esta locura que estás viviendo. Estoy orgullosa de tu persona.

—Las conversaciones y talleres que tomamos juntos me han ayudado inmensamente. Estoy agradecido eternamente contigo. No te miento que estoy un corre y corre como nunca antes he vivido. Pero con cada experiencia me siento como que todo pasa por algo. Tengo armonía y obvio que es una tarea ardua para el resto de mi vida, pero esa armonía y paz rodeada de los gestos y acciones amorosas de todos los involucrados me tienen emocionado. Estoy viviendo una tormenta de emociones. Algo de locos.

—¿Todo bien con tus relaciones? En especial ya sabes quién.

—Todo bien. Sólo que estoy en un ajetreo inhumano. Pero todo bien.

—Te admiro. ¿Sabes? Tener un hijo es la tarea más absorbente en la vida de una persona pero también es la más espiritual. Pero tener esa cantidad de hijos al mismo tiempo como te está sucediendo. Es para los libros de records te cuento.

—Ni yo tengo idea cómo lo estoy haciendo, pero lo estoy haciendo. No queda de otra para el resto de mi vida.

—De mi parte ya sabes que tienes todo el apoyo absoluto y como te dije, si alguna vez necesitas que te preste dinero, pues aquí estoy. Entiendo tu situación y ya te conozco lo suficiente para saber qué haces todo lo posible para conllevar todo.

—Muchísimas gracias por tu apoyo incondicional mi Reyna de Europa unida—dijo Francisco mientras le besaba la frente— No muchas personas tienen el gigante corazón como el tuyo.

Esperemos que no lleguemos a ese momento. Y si llega. Pues ya hemos conversado de todo un poco y sabes que no te fallaré nunca. Mucho menos le fallaré a Omarcito.

—No tienes idea lo mucho que extraño tomar unas copitas de vino. La última vez que tomé una, fue la noche antes de que me enteré que estaba encinta de tí. Cuando termine todo ésto me compro un botellón.

—¿No dicen pues que una copa de vino de vez en cuando le hace bien al feto? Yo leí eso por ahí.

—Eso es mentira. Yo prefiero no arriesgarme.

—Saliendo de aquí te compro tu botellita de vino para que te lo tomes cuando ya puedas. Te lo mereces.

—Me gustaría un….AYYYYYYYY!!!! ¡Mierda! ¡Carajo!!!! ¡Concha su madre!!!—chilló Shonny repentinamente.

Francisco se sobresaltó con una impresión sorpresiva. No sabía si era por escuchar a Shonny vociferar esas palabrotas ó porque ya venía lo esperado. El equipo médico no tardó en llegar y empezar el proceso típico del parto. Francisco ya se estaba acostumbrando al alboroto y agarró la mano de Shonny que se debatía entre el dolor y la motivación para empujar. El nacimiento de Omar fue el más rápido de todos. Francisco se quedó sorprendido al ver la rapidez con la cual salió al mundo su cuarto hijo. Y con toda la elegancia que caracterizaba a Shonny, se limpió la cara y cargó al hijo por primera vez. Los doctores estaban satisfechos. Todo había sido un éxito. Francisco ordenó la foto usual. Mientras Shonny con su bebé descansaban, Francisco se fue a dejar los regalos comprados a las respectivas madres con los bebes nacidos. Regresó al cuarto de hotel donde se estaba hospedando para dormir. Al día siguiente hizo su rutina de la capilla antes de dirigirse al hospital donde estaba Shonny. Se detuvo en una licorería para comprar una botella grande de vino. Durante el camino, Francisco no dejaba de reír recordando cada nacimiento que estaba viviendo en Lima. Faltaba uno, se pensaba a sí mismo. Su admiración por cada una de sus mujeres era algo que no necesitaba nombre o descripción. Cada una era valiente a su estilo. En esos instantes fue cuando Francisco verdaderamente se dio cuenta que la mujer es definitivamente el sexo más fuerte entre los dos.

—¿Qué te parece?—preguntó Francisco enseñando la botella a Shonny.

—¿Sólo una?—bromeó Shonny.

—Salgo a comprar otra si deseas.

—¡No! Bromita. ¡Quédate un rato conmigo, por favor!

—Claro.

—Disculpa por lo de ayer. No pude controlar mis impulsos.

—¿De qué estás hablando?

—De las palabrotas que grité mientras estaba dilatando.

—Querida, deberías expresarte de esa forma más seguido te digo. Sacas estrés que llevas acumulado. Te hace bien.

—Te cuento que me sentí bien después de esa descarga.

—¿Ves? ¿Qué te han dicho los doctores?

—Creo que saliendo todo bien, ya mañana me dan de alta.

—Me alegro mucho—dijo Francisco y le dio un beso en la frente a Shonny.

—¿Cuándo te regresas a Miami?

—Me debo ir próximo Lunes a más tardar, pero como ya sabes me falta por presenciar un nacimiento más. Aunque no lo creas debe ser entre hoy o mañana. Estoy esperando su llamada.

—¿Sabes qué sexo es?

—Si, será una mujercita. Ella será mi segunda hija.

—De veras tu vida es un lío de aquellos.

—Las vacaciones sin ninguna comparación más inolvidables de mi vida.

## KARLA

El reloj marcaba las tres de la madrugada cuando el celular irrumpió en la pacifica noche. Francisco se despertó saltando de la cama y vió que Karla lo estaba llamando con urgencia. Estaba sucediendo. Francisco ya tenía su ropa preparada. En cuestión de segundos se cambió y salió como corriendo del diablo a buscar taxi, pero a esa hora no había mucha transportación. Por salir tan apresurado, no se le ocurrió pedir ayuda al staff del hotel. Cuando lo pensó, suplicó al conserje la ayuda para conseguir un carro que lo llevase al hospital donde en esos mismos instantes estaba por nacer su hija. El conserje llamó inmediatamente pero la suerte no estaba de su lado. El taxi demoró varios minutos en llegar. Karla mandaba textos con palabras de alto calibre al celular de Francisco cada cinco minutos y cuando los textos se detuvieron, Francisco pensó lo peor. Pensó que no llegaría a ver el nacimiento de su hija con Karla. Cuando llegó el taxista, Francisco le rogó que fuera a toda velocidad tras explicarle la situación. El taxista accedió. En pleno camino, un policía detuvo al taxista por manejar en alta velocidad. Francisco salió del taxi poniendo al agente policial en estado de defensa. Cuando el policía vió a Francisco arrodillarse en frente suyo para pedirle que no citara al taxista que simplemente estaba cumpliendo sus órdenes ya que su segunda hija estaba a punto de nacer y se estaba haciendo tarde. Llámese suerte o que el policía estaba tocado, ya que el día anterior había visto una película de aquellas que te hacen creer en el romanticismo que al ver a Francisco arrodillado y desesperado, su corazón fue estrujado y lo motivó a apoyar al taxista. Así que taxi y patrullas policiales resguardando durante el camino, le permitieron llegar a Francisco al hospital. Le aumentó la tarifa acordada al taxista como agradecimiento, se acercó a los policías para darles propina que no aceptaron ya que de vez en cuando el romance existe como en las películas y Francisco subió corriendo a la sala de maternidad donde Karla gritaba como mujer en pleno exorcismo.

—¿Dónde mierda has estado, huevón de mierda?—rugió una exasperada Karla.

—Discúlpame. Tuve una situación con el taxista—Ya estoy aquí.

—Nadie me dijo que esto duele como mierda—exclamó una nerviosa Karla—Todas me decían huevadas, que es la experiencia más hermosa de la vida. Pero nó, cojudo, me duele mucho. Se me parte el puto vientre. Quiero morirme. Y todo por tu culpa, imbécil. Todo porque no usaste condón cuando debimos. ¡Ay carajo!

—¡Tranquilízate, Karla!—dijo Francisco—Todo ésto pasa rápido. Cuando menos te das cuenta ya estás con la bebé en mano.

—¿Acaso eres mujer para saber, inútil?—bramó Karla mientras le daba un puñetazo en la cara a Francisco quien lo tomó valientemente—Te odio como nunca he odiado a alguien. ¡Ay por la Puta Madre! Esta cojudez duele mucho. Que alguien me pegue un tiro ahora mismo, carajo. ¡Te voy a matar, Francisco! No puedo creer que esa pinguita chiquita tuya me está causando tanto estrés. Si me muero mi alma te va a joder toda tu puta vida. ¡Te lo juro, imbécil! ¡Te lo juro! La cojuda soy yo por abrir las piernas. ¡Ay mierda!

—Karla, por favor. Trata de relajarte. De nada te ayuda si te pones de esta forma. Respira como te han enseñado. Éso ayuda a relajarte.

—¡Por favor, Francisco amor, no me dejes! ¡Quédate conmigo durante toda esta vaina! Me muero de miedo. Nunca he tenido tanto dolor. Me asusta.

—Te entiendo, Karlita amorcito, pero debes relajarte. Te prometí estar a tu lado y nunca te abandonaré hasta que la muerte nos separe por más que me odies y a toda esta loca situación.

—¿Sabes? Pregunté a compañeros de la promoción y nosotros somos los únicos que estamos teniendo una hija juntos. Somos los únicos que hemos producido un bebé. No sé si sentirme orgullosa o estúpida.

—Por ahora siéntete relajada. Después hablamos cómo debes sentirte—dijo Francisco mientras se retorcía del dolor del apretón de mano que Karla estaba ejerciendo con la suya—Hasta ahora no entiendo cómo es posible que las mujeres a punto dar a luz desarrollan una fuerza estilo Hulk. ¡Puta Madre!

—Si me muero, prométeme que vas a cuidar de nuestra hija. ¡Prométeme, carajo!

—¡Te lo prometo, loca de mierda! Me vas a dejar sin mano.

—¡Y tú me estas dejando sin vientre, concha tu madre! Se me está partiendo todo allá abajo. Ya no voy a ser normal. Lo siento abrirse peor que actriz porno con tres morenos al mismo tiempo.

—Para empezar no te vas a morir y segundo tu cosita volverá a ser normal y deliciosa como siempre. Deja de decir huevadas y concéntrate, huevona.

—¿De veras es deliciosa?

—Como no tienes idea.

—Qué pendejo eres de veras. No creas que me olvido que dejaste embarazadas a otras al mismo tiempo que me decías cositas bonitas en mi cara pelada. Te puedes ir a la mismísima mierda, mujeriego sádico.

—¿Ya? ¿Terminaste de insultarme?

—¡No, hijo de puta! Me duele todo el cuerpo y tú eres el culpable.

—¿Te han dicho cuántos centímetros de dilatación tienes?

—Me lo han dicho pero ya lo olvidé pero estoy sintiendo cómo se abre todo mi cuerpo. Me voy a morir.

—No te vas a morir. Vas a traer al mundo una bendición que te hará sentir la mejor mujer del mundo.

—¡Ay qué bonito hablas, tarado!

—¡Karla, por Dios! Sigues así y te voy a tener que cachetear para que te tranquilices, carajo.

—¿Éso deseas? Faltaba éso nomas. Que abuses de mí físicamente después que me inflaste la panza sin saber. ¡Enfermera! Me quieren pegar—gritó Karla.

—¿Qué está sucediendo aquí se puede saber?—reclamó una enfermera que escuchó los gritos y entró al cuarto velozmente.

—¿Le pueden dar un tranquilizante, por favor?—suplicó Francisco—Se encuentra muy alterada.

—¿Y a él le pueden cortar los huevos, por favor? Quiero terminar con todo ésto, enfermera—mencionó Karla—¿Pueden inducirme el parto? Por favor.

—Déjame hablar con la Doctora—dijo la enfermera antes de irse—Ya regreso.

—Discúlpame por todo lo que te dije, Francisco—rogó Karla—Me duele todo y me muero de los nervios por si me muero.

—No te vas a morir, loca de mierda. Si te mueres te mato.

—Eres un total imbécil, pero como siempre digo, mi imbécil.

—No te voy a abandonar. Ya hemos hablado sobre esto miles de veces.

—Te voy a extrañar cuando te vayas.

—Yo también. Pero ya sabes que voy a venir con frecuencia. Tengo cinco razones para regresar a Lima y trabajar toda mi vida como nunca antes hecho.

—Te quiero, Francisco.

—Yo te adoro, Karla.

—¿Decidiste el nombre de la niña?

—La voy a llamar Carla con C. Tendrá mi nombre pero con C.

—Excelente. Me gusta.

Francisco le dio un beso en la frente a Karla justo en el momento que el equipo médico entró para inducir el nacimiento. La paciencia mostrada con Karla a quien le costaba aguantar el dolor fue algo ejemplar. Francisco sostuvo su mano a todo instante. En ciertos pasajes del nacimiento, Karla logró conectar un par de ganchos en el rostro de Francisco quien aguantaba en silencio como pugilista que sabía, debía perder la pelea. Los minutos se alargaron mientras Karla pujaba y gritaba de tal manera que atrajo algunos espectadores inesperados. La Doctora pudo observar que Francisco estaba sangrando de su nariz y labio gracias a los sendos puñetazos que recibía de Karla y le preguntó si deseaba atención médica, a la cual se negó, porque de manera heroica no había ninguna razón que lo moviera de su presente puesto. Y con todos los griteríos incluídos, la pequeña Carlita se hizo paso en este mundo. Todos aplaudieron. Francisco pensó que todos aplaudían por el gran alivio que sentían de ya no escuchar a esa mujer loca gritar por el acto más maravilloso que una mujer puede pasar, ya que los gritos de la bebé eran soportables y deseados. Karla parecía Mike Tyson con su gesto de ferocidad mientras aguantaba el dolor y apuñeteaba, pero cuando le dieron a su hija para su primer abrazo, la transformación fue divina. Sus lágrimas de amor y ternura inundaron su ser y al fin entendió las palabras de todas las madres del mundo. Francisco tuvo que rogar y pelearse con ella de nuevo ya que no deseaba tomarse la foto de los tres. No deseaba salir tan chimultrufia decía. Francisco no cabía de felicidad cuando llegó a cumplir su tradición en la capilla. Hasta se animó a confesarse. Cuando el cura escuchó su historia se asombró y lo calificó como un orate desenfrenado que no respetaba las normas regulares y sociales de una familia normal. Francisco estaba agradecido que todos los nacimientos en Lima a los cuales debió acudir, habían sido totalmente exitosos. Se había convertido en el flamante Padre de cinco hermosas criaturas a quienes le había hecho promesas mentales que siempre estaría presente fuese a donde fuese que la vida lo llevase. Sus últimos días en Lima se dedicó a visitar sus bebés y las Madres en cada casa respectiva. Cierta tristeza le invadía por tener que dejar a sus obras de arte en Lima pero debía regresar a Miami con urgencia. Cuando subió al avión de regreso a Miami sentía que las cinco horas de vuelos se convertían en veinte.

## YESSI

La confusión y la rabia no la dejaron dormir en toda la noche. Sus familiares cercanos no entendían el motivo de su cambio radical de temperamento. Los últimos días habían sido fatales. Los constantes pensamientos y memorias la perseguían de manera implacable. Trataba de no llorar pero sus intentos para evitarlo eran totalmente improductivos. No deseaba confiar en nadie. Ella misma se había metido en esta situación pensaba en silencio. Entonces buscó por internet clínicas de abortos. Encontró una cercana a ella y planeó acabar con toda la incertidumbre de una buena vez. Pensaba en silencio que nunca más iba a comentar algo negativo sobre una mujer que había tenido que abortar por alguna razón u otra. Mientras esperaba en la clínica, sólo una imagen estaba clavada en su mente. La imagen de Francisco. Nunca había sentido eso llamado amor. Cualquier intento previo quedo en éso simplemente. En sólo intentos fallidos. Esta vez era realidad. Yessi no dejaba de pensar en Francisco. No se habían hablado desde aquella vez que ella le colgó el teléfono toda enardecida. No deseaba escucharlo. Se había comportado como típico patán mujeriego. Pero había algo que recordaba y recordaba. Francisco en un momento de full pasión, le susurró en el oído aquella frase que no se debe decir de manera insignificante o irrelevante. Cuando ella escuchó decirlo no lo podía creer. Pensó que era producto del momento pasional y su mente le recordaba que ella sentía lo mismo. Aun así, no podía creer que alguien que decía esa frase con el corazón era capaz de hacer lo que hizo. Yessi veía cómo las pocas mujeres presentes se iban caminando cabizbajas cuando las llamaban por sus nombres. No era la única en ese estado. Pasaron largos minutos y su corazón se estaba destrozando. Pensó en ser madre soltera pero eso conllevaría al desprecio de sus padres y peor a las opiniones adversas de Paloma que aún no sabía lo que había pasado entre ella y Francisco. No había tenido el valor de contarlo cuando tuvo el momento a pesar que Paloma estaba viviendo su matrimonio de manera normal. Todas las opiniones del mundo entero no eran de importancia para Yessi. Sólo le importaba la opinión de una persona. Sus sollozos débiles no cesaban. Ya estaba por llegarle su turno. Francisco no abandonaba su mente. La frase dicha aquel momento calaba en su alma como nunca había podido ser. La enfermera mencionó su nombre. Yessi la vio y le pareció una mujer fría y acostumbrada a su trabajo. Casi no podía ver porque las lágrimas inundaban su visión. En un momento impulsivo que Yessi nunca pudo entender tomó La Decisión que cambiaría absolutamente todo. Recordó la frase y decidió confiar en ella. Se levantó del asiento y salió corriendo a la calle de manera despavorida motivando las miradas de todos en el lugar. Corrió como nunca en su vida había corrido. Esa frase la inspiraba. La frase que Francisco no había dicho en muchos meses y la dijo inconscientemente. La frase era: ¡Te Amo!

Un taciturno Francisco se encontraba en su departamento sintiéndose cada vez más desolado y desamparado. No encontraba la solución de su dilema mayor. El tema de su atracción infinita por Yessi. La extrañaba demasiado y era peor su congoja porque ella lo había bloqueado de todas redes sociales. No tenía manera de comunicarse con ella. Los acuerdos con las otras mujeres sobre los futuros partos ya estaban hechos. No tenía la mínima idea qué estaba sucediendo con Yessi. No dejaba de pensar en ella. Se sentía como el peor hombre de la historia del ser humano. Había tenido el amor en sus manos otra vez y lo perdió de manera terrible. Estaba destinado a ser un hombre perdido por el resto de su vida. Había pasado un mes desde aquella fatídica llamada. Todavía retumbaba en su cerebro su voz mandándolo a la mierda. De repente tocaron su puerta. Pensó que quizás fuese su primo Koki quien lo iba a visitar menudamente para consolarlo con cervezas y conversaciones amenas. Necesitaba una diversión en esos instantes pensó Francisco. Abrió su puerta y Yessi estaba parada al frente suyo. Su pancita ya se notaba alguito. Francisco se quedó mudo.

—¿Puedo pasar?—preguntó Yessi suavemente.

—¿Eres tú?—cuestionó un pasmado Francisco.

—¿Quién más, huevas?—dijo Yessi mientras entraba al departamento.

—¿Pero cómo? ¿Estoy soñando?—exclamó Francisco—Ésto es imposible.

—Todos es posible en esta vida. Necesito conversar contigo frente a frente. Y dependiendo de lo que me digas en este momento, se basará lo que suceda de aquí en adelante. ¿De acuerdo?

—Te he extrañado como no tienes idea—dijo Francisco tratando de controlar sus lágrimas inútilmente—No puedo creer estés aquí. ¿Cómo es que estás aquí?

—Los papás de Paloma me dieron tu dirección. Ya te puedes imaginar la conversación que tuvimos Paloma y yo.

—No me ha dicho nada de nada.

—Les pedí no te dijeran nada hasta que yo me encontrara frente a tí.

—Ya veo.

—Voy de frente al grano, Francisco y te pido por favor que seas totalmente sincero conmigo y decidas frente a mí que deseas hacer. Porque obviamente no hice todo este viaje para que me huevees. ¿Estamos?

—Estamos.

—Todavía estoy en temporada de poder abortar, pero no lo hice porque necesitaba ver tus ojos para hacerte esta pregunta. Y necesito que me respondas como un hombre de verdad. ¿Es cierto lo que me dijiste aquella vez que hacíamos el amor? ¿De veras me amas?

—Con todo mi corazón, Yessi. Te amo como nunca me lo imaginé. Te amo como jamás pensé volver a hacerlo. Te amo como lo sentía cada vez que pasaba momentos amorosos contigo. Te amo como nadie te haya amado. Y deseo mostrártelo por siempre y siempre.

—Vaya manera de mostrarlo embarazando a otras cuatro mujeres. ¿Sabes que Paloma va a tener dos hijos, nó?

—Lo que sucedió con las otras mujeres que te confieso, cada una tiene su propia hermosura y son especiales, ya es algo que no pude controlar. Ya sabes el porqué de todo. Lo que sí puedo controlar es mostrarte lo mucho que te necesito.

—Sabes muy bien lo mucho que desconfío de los hombres y tú tienes el enredo más cojudo que haya visto en mi sagrada vida. Si yo buscara la palabra huevas en el diccionario sale tu foto, por mi madre. Eres un cretino total.

—Lo acepto.

—¡Obvio!

—Pero todo tiene solución en esta vida, Yessi. Lo único que me falta por resolver es mi amor por tí. Deseo pedirte perdón por todo ésto. No hay marcha atrás. Lo hecho, ya hecho está. Pero ninguna mujer se ganó mi corazón como tú. No puedo vivir sin tí. Ya está comprobado. Todos estos días que no he sabido de tí no he podido dormir bien, he llorado como un chibolo enamorado y ganas no me faltaban de tomar el primer avión a Lima para correr a tu casa.

—¿Por qué no lo hiciste?

—Tengo que trabajar por obvias razones y pensé que tú habías abortado o algo así. No sé. No me atrevía a buscarte mediante Paloma. Me habías bloqueado y pensaba lo peor. Lo que no entiendo es cómo llegaste hasta aquí. Ya me dijiste que Isabel te dio mi dirección, pero estas en Miami.

—La idea de sacar la visa para Estados Unidos ya era algo que estaba pensando desde antes de conocerte. Otro motivo mayor es por mi hermano y mis sobrinos como te comenté. Cuando tú estabas en Lima quizás con una de tus mujeres me fui a mi cita. Te había engañado en la fecha porque deseaba darte esta misma sorpresa pero quien se ganó la sorpresa fui yo. Mi hermano me ayudó con el dinero y más unos ahorros que tenía y aquí estoy. Por si acaso mi hermano te quiere sacar la mierda y no lo ha hecho porque le pedí que me deje conversar contigo primero.

—No lo culpo.

—Llegué ayer y mi hermano no deseaba que venga hoy a tu casa pero le dije que no podía esperar. Tenía esa pregunta que ya me contestaste.

—Ahora me toca preguntar a mí. ¿Sientes algo por mí?

—¿No me ves aquí después de gastar mil dólares y hacer un viaje de cinco horas con panza incluida más la hora de viaje gracias al tráfico de Miami para llegar a tu casa? ¿No te dice algo todo éso, huevas?

—De veras te pido perdón por si te hice llorar y trabajaré toda mi vida para demostrarte que valgo la pena para tí.

—¿Y qué propones hacer, Francisco?

—Bueno, me imagino que sólo te dieron tres meses de estadía aquí en Estados Unidos. Así que no tenemos mucho tiempo. Por razones obvias no tengo anillo a la mano pero si me das unos días lo puedo conseguir y después hablar con un abogado.

—¿Abogado?

—Deseo casarme contigo, Yessi y tener nuestro hijo aquí en Miami.

—¿Y las otras mujeres?

—Voy a Lima a ser responsable con ellas, pero a tí te deseo a mi lado trabajando conmigo para salir adelante y quizás aumentar la familia. ¿Te parece?

—¡Te amo, Francisco!

—Pensé nunca lo dirías.

—Ya era hora.

—Por si acaso, yo me tiro pedos.

—¿Y? Yo también. ¿Qué hay con eso?

—Avisándote nomas. Mi madre predicaba que guerra avisada no mata gente.

Mediante la ayuda de un abogado, Francisco y Yessi pudieron cumplir el cometido que ambos deseaban. Se casaron en una Corte en compañía de familiares y cercanos. Fue una ceremonia simple y tierna. El proceso de naturalización era largo y tedioso, pero el primer objetivo era que Yessi pasara la temporada de gestación lo más reposada posible. Francisco conoció al hermano de Yessi y a su familia. Se hicieron amigos fácilmente, una vez que las intenciones honorables de Francisco fueron explicadas. Yessi se mudó inmediatamente con Francisco y de a pocos el proceso de remodelación se inició. Sabían que iban a tener que esperar que Yessi obtuviera su permiso de trabajo para poder conseguir un departamento o una casa de dos a tres cuartos. Con el correr de los meses, la barriga de Yessi empezó a notarse. Cuando llegó el momento, se enteraron que iban a tener una hembrita. Francisco se portaba como todo un excelente marido y futuro Padre. Trabajaba largas horas y hacia lo mejor posible para ganar las mejores comisiones posibles. Los gastos que se venían eran numerosos pero motivantes. Yessi apoyaba de manera magistral sus labores de ama de casa. Francisco se mantenía en contacto frecuente con Karla, Paloma, Shonny y Cheryl mientras planeaba su regreso a Lima, para poder estar con cada una de ellas. Esta vez Francisco, con total transparencia les contaba su situación con Yessi y recibió el apoyo de cada una. Paloma fue quien celebró el matrimonio entre Yessi y Francisco con el mayor regocijo, gracias a su principal participación. Koki perdió un compañero de juergas pero ganó una prima con quien se llevaba excelentemente. Mónica se enteró a través de una amistad en común sobre la situación presente de Francisco. Jean Pierre y Estrella hacían escándalos en las calles con sus constantes disputas para luego reconciliarse al punto que Estrella también quedó embarazada. Mientras todos estos sucesos ocurrían, Francisco trabajaba para el día que viajara a Lima. Mantenía la información de cada una y aparte de cualquier eventualidad, Francisco sabía el orden supuesto de los nacimientos. Yessi apoyaba algo a regañadientes el hecho que Francisco estaba consciente de acompañar a todas sus mujeres. Y como buena esposa, lo aconsejaba y ayudaba con las finanzas mediante sus ahorros o apoyo familiar. Antes de que Francisco viajara a Lima, Yessi le prometió hacer lo posible para esperar su presencia durante el parto. También se animó a decirle que ya se había decidido el nombre para la hija de ambos tras varios días de debate. A Francisco le agradó el nombre y se dirigió al aeropuerto para viajar a Lima.

El avión aterrizó en Miami y dentro llevaba a un totalmente diferente Francisco Copello en la lista de pasajeros. Regresó a su hogar matrimonial lo más pronto posible, pues lo esperaba su mujer amada a punto de dar a luz. Lo vivido en Lima ya lo hacía un ducho en tema de apoyo durante el parto. Pasaron un par de días antes que tuviese que llevar a

Yessi al hospital cercano. Yessi necesitó cesárea para traer a su criatura al mundo. Francisco estuvo a su lado a pesar de los gritos ya esperados y todas las veces que le llamaron huevas durante el parto. Tras algunas horas nació su hija favorita llamada Judith.

FIN

Printed in the United States
By Bookmasters